人生で大事なことは、みんなガチャから学んだ

カレー沢薫

幻冬舎

人生で大事なことは、みんなガチャから学んだ

はじめに

まず覚悟してほしいのは、この本にはゲームキャラクター「へし切長谷部」と「土方歳三」以外の話がほぼ出てこない。

そんな話は聞きたくないと思ったら、早急に本書をレジに持っていき、買って燃やせ、書棚に戻すな。

それ以外の人名もたまに出てくるが、百発百中二次元の男の話と思ってよい。

よって「ちょうど、二次元の男の話以外の話を聞くと死ぬ病気に罹ったところだ」という人だけは読みすすめてよい。

だがそういう人でも、読み方について少し注意していただきたい。

まず本書は、同時期に連載された2つのコラムを1冊の本にまとめたものだ。よって内容に若干重複やかぶりがあると思うが、こいつは書いた瞬間書いたことを忘れるのだと思って、皆様も読んだ瞬間読んだ内容を忘れて読んでいただけると幸いだ。

何せ同時期に書かれたということは、その瞬間は同じ二次元の男のことで頭パンパンだったはずである。全く同じ内容のコラムが2つできてもおかしくなかった、むしろこの程度しかかぶっていないことを褒めるべきだ。

ただ問題があるとすれば後半は「オタク沼地獄」というタイトルのコラム連載分であり、まあ二次元の男の話が出てこない方がおかしいのだが、前半は「カレー沢薫のカレーなる夫婦生活」というタイトルのコラム連載分だ。この「夫婦生活」部分が、二次元の男との夫婦生活を妄想するというテーマなら、合点合点！　なのだが、残念ながらリアルの方である。つまりリアル夫を無視して、二次元の男のことを書いているという按配だ。よって、途中で何故か思い出したかのように夫の話が始まったりするのだがCMと思ってもらえればいい。

つまり「オタク」と「リアル夫婦生活」というある意味対極にありそうなテーマなのに、内容がほぼ同じという有様だ。

また、本書には「ババアの10万」というキーワードが何度も出てくる。簡単に言えば、年老いた祖母に貰った10万をソシャゲのガチャに突っ込むか否か悩んでいる話なのだが、その話が再三出てくるので、こいつ欲しいキャラ名だけ変えて同じネタ何回も使っているな、と思われるかもしれないが違う。

これは「欲しいキャラが出るたびにババアの10万を使うか否か本気で悩んでやっぱり使わず、また欲しいキャラが出たら本気で悩む」を実際何度も繰り返しているから何度も同じ話が出てくるのだ。無間地獄より怖い話である。

そしてこの10万については、本書の最後の最後で決着がついている。

ここまで気にならない結末も珍しいかもしれないが、二次元の男の話を聞かないと死ぬ病気である諸君は最後まで読んでくれると信じている。

人生で大事なことは、みんなガチャから学んだ　目次

愛の巻

他人の結婚話がおもしろいわけがない

「夫婦」というテーマは、私の2兆個ほどある「書きたくないモノ」の中でも筆頭にあるテーマである。

よって、今まで「夫婦」というテーマで連載してくださいと言われたら、グズるなどして別のテーマにしてもらうなどしてきた。

しかし、このサイトは「TOFUFU」である。完全に選択肢ゼロだ。どれだけゴネても猫やからあげの話をさせてもらえるとは思えない。基本的に内容を相談させてもらうことはあれど、タダでなければ仕事自体は断らない方だし、どんなに安くても、私の会社の時給換算（私は作家業の傍ら会社員もしている）よりはまず高いのだ。

よって、依頼自体は引き受けることにしたのだが、依頼してきた担当の方も、私が自分の夫婦生活についてあまり書きたがっていないというところを汲んでくれたのか「実際の結婚生活だけでなく、ハマっているジャンルなどあれば、『長谷部と結婚したら……』（最近は大典太光世でしょうか）など妄想のお話も読んでみたいなと思います」と提案してくれたのである（※両人ともゲーム「刀剣乱舞」に出てくる二次元の男）。

気持ち悪すぎる。

30をとうに過ぎた女が、実存の夫を無視して二次元の男との結婚生活を夢想するというのは、脳内でやることであり（やらないとは言わない）、人様に披露するものではない。もしかして、こいつは私を社会的に抹殺したくて、この依頼をしてきたのだろうか。

よって、この担当改めアサシンに、「それはキモすぎるので、リアル結婚生活の方を書かせてください」と頼んだ次第である。

あれほど書きたくなかった、自身の夫婦生活を自ら「書かせてください」と言わせるなんて、こいつはスゴ腕である。こんな木っ端作家のタマなど狙わず、早くどこかの大統領の命を狙ってSPに射殺されればいいと思う。

まず最初のお題だが「結婚を決めた理由」だ。

私が夫婦のことをあまり書きたくないのは、単純に恥ずかしいというのもあるが、特におもしろい話が書けるとも思えない、というのも大きい。

前述の通り私は、二次元の男が大好きだ。しかし、自分が付き合いたいとか結婚したいとか思ったことはあまりない。乙女ゲーなら、私とは別の存在であるヒロインと二次元のイケメンが恋愛する様を楽しんでる派だし、漫画とかなら、そのキャラが同じ作中に出てくる女性キャラとくっついてほしいと思っている。

つまり子供の時からずっと「恋愛とセックスは自分がするものではなく、他人がしてるのを鑑賞するもの」と思っているのだ。

自分はそれに対し「oh……」とか「yeah……」とか合いの手を入れる役であり、最後に「尊い……」と言い残して死ねれば、それでいいと思っている。

リアル結婚生活の話をするはずが、当初の予定通り気持ち悪い話になってきてしまっている。

しかし、そんな気持ち悪い私も高校卒業ぐらいから「人並みに自分自身が恋愛をしたい」と思い始めた。

それからメル友募集掲示板で出会った男に顔を見るなり帰られるなど「人生の黒歴史は大体そこで作った」というような時間を過ごしたのだが、元々、破天荒さに欠ける性格なので、出会い系で知り合った男と真面目に4年付き合って別れるなど、いまいち弾けきれないでいた。

夫と出会ったのは23歳の時だ。まだ「自分が恋愛したい期」が続いていたため、当時勤めていた会社の同僚に「誰かいないか」と問うたところ、連れてこられたのが夫である。その後、2人で数回会い、交際することになり、それから5年ほど経って結婚した。プロポーズは特にない。指輪を買いに行こうと言われたので、そういうことなのだなと思い、特に抗うわけでもなく、周りに反対されることもなかった。

来客に生米を出すがごとく、つまらない文章である。実際夫とのなれそめを人に話すと大体が「普通だね」と言うので、そのつまらなさには定評があるのだ。

結婚を決めた理由というより、結婚しない理由がなかったという方が正しい。流れである。しかし「いろいろ障害はあるけどこの人と結婚したい」というより「特にしたくない理由がない」という方がいいような気もする。それだけ相手に目立った問題がないということだし、現に夫は今も特に問題がない人だ（私の方に問題は多々あるが）。

つまり、すでに次書くことが何もないのである。やはりこのコラムは「私の上を通り過ぎていった男たち（全部二次元）」という題で、平面から出てこない男との結婚生活を書くのが一番エキサイティングなのかもしれない。

二次元の男との結婚生活を妄想してみた

前回、このコラムは長谷部や大典太（何度でも言うが両人とも二次元の男であり画面から出てくる様子がない）との結婚生活を妄想するのが一番エキサイティングと書いてしまったので、逆にやらなければいけないような気がしてきた。

これは、自ら退路を断たせる、という担当の巧みな陽動作戦だったのかもしれない。多分こいつはこの方法で100人ぐらい社会的に殺していると思う。

外は秋晴れ、死ぬには（人として）いい日だ。

というわけで、まず、朝目を覚ましたら、隣に長谷部が寝ているという設定で起床することにした。

私の夫なのだから当たり前だ。まあ長谷部は私より先に起きているタイプだろうから、彼が残したぬくもりや残り香を楽しむというシチュもありだが、それだとマジすぎて、100人中1億人がここで読むのをやめるため、素人の皆様にも受け入れてもらえるように、あえてベタな方向でいくことにした。すでに誰にも受け入れられていない自信があるが。

私は朝、目を覚まし、寝返りをうった。すると眼前には、すやすやと眠る長谷部の寝顔があった。

……その瞬間、雄たけびを上げて起床である。

実はそういった妄想はあまりしたことがなかったのだが、想像以上にいい意味でマズく(人としては悪い意味でマズかった)、興奮のあまり怒りしか湧いてこない。

「長谷部が私なんか嫁にするわけないじゃん、馬鹿じゃねえの！」

と激怒しながら、ベッドから飛び降りた次第である。

つまりそういうことなのである。

私が自分自身と二次元キャラとの恋愛を妄想しないのは、私がそのキャラにふさわしくないからだ。

妄想なんだから、いくらでも自分を美化すればいいじゃないかと思われるかもしれないが、何故かそれはできないのだ。空想の世界でさえ、自由の翼を広げ切れない。そんな人間が漫画家というクリエイティブな仕事についているなど片腹痛い。売れないのも頷ける。

自己批判が止まらないので、この話はここで終了だ。そしてもうお気づきだろうが今回のテーマは「理想の奥様像」である。

前述の通り、自分の好きな二次元の男と付き合う女、つまり乙女ゲーのヒロインなどに対する私の理想はとても高い。小姑歴50年の達人のごとく厳しい。

よって、それとのバランスを保つために、自分への理想は極めて低くしている。常に「このぐらいでいいだろう」と思って生きてきた。その結果「このぐらい」の高さがどんどん下がって今にいたる。

よって、結婚した時も「いい奥さんになろう」とは思ってなかった。

お互い共働きゆえに、家事は最初から分担だという話になったが「メシだけは作ってくれ」と言われたので、メシは今も私が作っている。だが逆に言うと、私はメシ以外のことを破竹の勢いでやらなくなった。

よく「共働きなのに家事負担が圧倒的に女の方にある」という怒りの記事を目にするが、私はあれに同調して怒ることができない。明らかにうちは逆パターンだ。

どうしてそうなるかというと、夫がやってくれるから。そしてそれに対し不満を言わないからである。

これから結婚する方は、配偶者というのは、やってあげるとそれが当たり前と思うし、文句をちゃんと言わないと際限なく増長するものだと思った方がいい。

しかし、確かに夫は甘い方であり、人にやらせるより自分でやるタイプだが、私に対して不満がないわけではない。もちろんクソほどある。

だが、それを言うタイミングがないのだ。夫も仕事が忙しい上に、基本的に私が引きこもりなので、家にいる時はずっと自室にこもっている。我々が一緒の空間にいる時間は一日5分くらいだし、会話も3往復ぐらいなので、小言を言う隙がないのだ。

よって、夫が腹に据えかねたことを言うのは、滅多にない。対面で長く時間を共有する時だけなのだ。その時とは、誕生日とか結婚記念日とか特別な日である。

つまり私は、自分の誕生日、ちょっと小洒落たレストランの席で夫に「もうちょっと便所をキレイに使え」などと言われてしまうのである。

正直、その後はナニを食っても砂の味である。今言わなくてもいいじゃないかと思うのだが、そういう時しか言えないから言うのだ。

夫は小言の少ない人だが、言う時は必ず心臓を仕留める人だ。

そしてその苦言はいつも正しい。よって私の「理想の奥様像」は、奥様以前に「人として
ちゃんとすること」である。

隣に長谷部の幻覚を寝せている場合ではない。

沈黙の
結婚記念日

前回、へし切長谷部との結婚生活を妄想したのだから、今回は大典太光世（最終回まで言い続けるが両人ともゲームに出てくる我々とは一次元低い世界に住む男たちである）と言いたいところだが、長谷部と結婚したにもかかわらず大典太と結婚するのは、浮気、重婚、つまり犯罪である。

何を言っているかわからないと思うが、俺はわかっているから別にいい。

このようにポルナレフ状態にすらなれない気持ち悪さだが、前回、長谷部×夢主（自分）という妄想を始めてしまったがために、他のキャラのことを考えづらくなったのは確かなのだ。

こういった、キャラに入れ込みすぎるあまり、妄想にすら縛りが入ってくるという現象はよくある。相手（画面から出てこない男）のことを好きになれば好きになるほど、翼（妄想の）に鎖が巻きつく、という90年代の同人封筒でよく見かけた構図になっていくのである。

もちろん、自分が自分の空想や二次創作に縛りを入れるのは自由だが、時としてそれを他人にまで強要してしまうことがある。そこから「学級会」が勃発し、結果として、自由じゃない上に救われてもいない、真の意味での孤独のオタクになってしまうのだ。

まあ別次元で起こる戦争の話はどうでもいいし、大典太との結婚もしようと思えばできる。彼は朝が弱そうだから、こっちが起きた時まだ寝てそうだが、逆に目を開けたら、こっちの寝顔を愛おしそうに見つめる彼と目が合うというシチュもありだ。

このままでは「始まってしまう」ので、話を現実に戻すが、今回のテーマはもちろん「夫に言いたいこと」だ。

ない。

そりゃ、調子のいい時は「いつもありがとう」と伝えたい……などと思っているが、ちょっとイラッとすることがあれば「クソが、死ね」と思う。家族なんてそんなもんじゃないだろうか。だが改めて何か伝えたいことがあるかというと本当に特にない。

しかしそれでは何も始まらないし、逆に大典太との結婚生活が再度始まってしまう。

先日、年に6回ぐらいある、夫と長い時間対面で過ごす会食があった。

結婚記念日である。平素一緒にいる時間が極端に少ない我々であるから、誕生日や結婚記念日など要所要所は一緒に祝うようにしている。

しかし、そんな時話すことがあるか、というとないのである。しかも前回書いた通り、こういう時、私に対するダメ出しが始まることが多いため、極力そっちにいかないよう神経を使わなければいけない。

夫も私に話したいことは特にないらしく、会食の場について、しばしの沈黙の後「最近漫画の仕事はどう?」と1年ぶりに会った知り合いかのような質問をしてきたので「悪い。むしろ未だかつて良かったことは一度もない」と答えた。

それきり、また沈黙が訪れた。

あまりにも話すことがないため、もうこのコラムの話をしてしまうことにした。

「最近文章の仕事の方が多く、夫婦というテーマで書いている」

「俺たちのことで何か書くことはあるのか」

「ない」

「…………」
「次のテーマは『夫に言いたいこと』だ」
「俺に言いたいことはあるのか」
「ない」
「…………」

全く広がらない。先ほどより沈黙が重くなったような気さえする。しかし、よく考えればそれに乗じて「いつもありがとう」と言えば良かったのだ。言いたいことなんて、コラムに書くもんじゃない。あるなら本人に言えばいいのだ。そうでなければ、本人が聞いてない母ちゃんリスペクトソングと同じぐらい無価値である。

けれど正直に言って、それは恥ずかしい。よって「言いたいことはない。悪い意味で言いたいことは一つもない」と言った。いい意味でならたくさんある、と言いたかったのが、それは言えなかった。夫にそれが伝わったかはわからない。

そして続けて「あなたが私に言いたいことがたくさんあるのはわかっている」と前置きをし、

「だが言うな」

と言った。

「自分は言いたいことはない」と先に言うことにより、相手の言いたいことも封じるというウルトラCである。

この技が決まったことにより、夫の小言は回避できたのだが、それ以降、夫は何も話さなくなってしまい、最後の20分ぐらいは双方完全に無言であった。

どうやら夫は、ダメ出し以外に言いたいことが皆無だったようである。

その後、小なべの固形燃料が燃え尽きて具に火が通らず、半分ぐらい食べられなかったり、2回連続オーダーを忘れられ、平素怒らない夫が店員に文句を言ったりと、場の空気はドンドン悪くなっていった。

はっきり言って、今年の結婚記念日は「15点」ぐらいだ。

そのまま、ほぼ口を開くことなく帰宅。私は若干重い気分をひきずって、最近始まったアニメ「刀剣乱舞-花丸-」を見ることにした。

くわしい感想は控えるが、一言で言うと、最の高。

「これだけ素晴らしい二次元の世界があるのになぜ現実などというものが存在するのか……」

これが結婚記念日に私がツイッターにてつぶやいた言葉である。

夫婦で同じ趣味を持たない方がいい100の理由

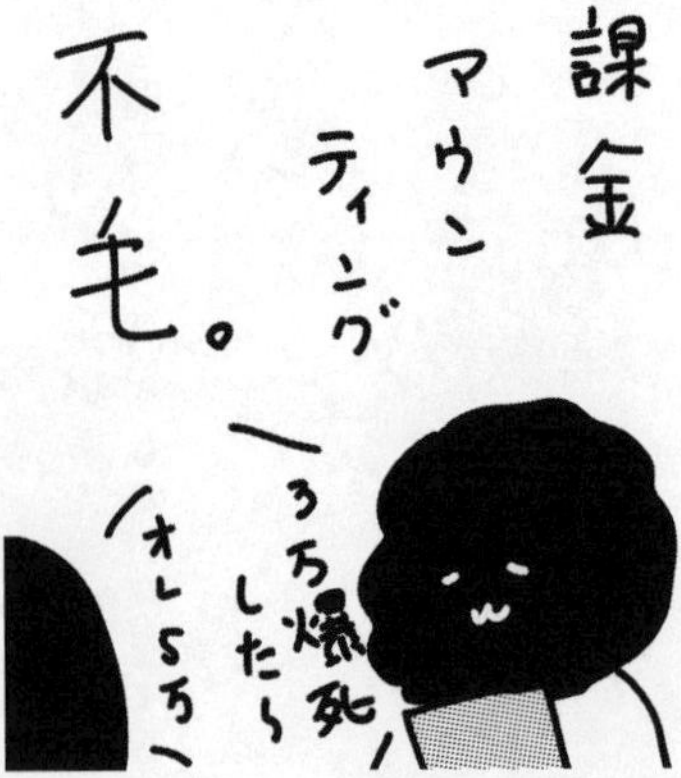
課金マウンティング
不毛。
3万爆死したら〜
オレ5万〜

待たせたな。

へし切長谷部（地球が滅ぶまで言うがゲームのキャラクター）×俺の夢小説の時間だ。

別に、担当に毎回これをやれと東尋坊を背に言われているわけではない。だがやっているうちに「もっと二次元のイケメンと30代中年の悪い夢が見たい」という読者の声が聞こえるようになったのだ。

よって明日病院に行こうと思う。

病院（鉄格子がついているタイプ）に行ったら、多分死ぬまで出られないだろう。だがその前に、お前らにエミネムのコスプレで言っておきたいことがある。


お前と二次元キャラのイチャイチャなんて見たくねえよ、という奴も多いだろう。しかし、夢でもBLでも乙女でも、オタクはひたすらキャラ同士やキャラと自分とのラブラブハッピーエンドを妄想しているわけじゃない。

何故か、進んで好きなキャラの不幸を想像したがる、オタクの中でも業《カルマ》の深い奴がいる。

多分前世で寺とか焼いているんだろう。そういう奴にかかると、ギャグ漫画のキャラでさえ、深い雪の中で心中を図る。

だから、俺が長谷部に「愛しています」とか言ってほしいと願っていると思ったら大間違いだ。

長谷部に言ってほしい台詞第1位は不動の「こんなに、尽くしたのに……」だ。

どういうシチュエーションかは聞くな（永遠と言えるほど長くなるから）。

俺は、この台詞を長谷部役の声優に、どうしたら言ってもらえるか一日526時間考えている。

以上だ（重い鉄格子が閉まる音）。

というわけで今回のテーマは「夫と盛り上がれる話題」だ。

前回、夫との会話があまりにも盛り上がらない、という話をしたが、そうはいっても結婚までしたのだから、何かしら共通の趣味、話題、気が合う部分があったんだろう、という話である。

我々夫婦の会話は少ない。だが、365日飽きずに語り合っている激アツな共通の話題が確かにある。

それは「挨拶」と「気候」だ。

起きたらまず「おはよう」と言い、その後は、今日は暑い、寒い、晴れ、雨、今は降ってないがこれから降る、または晴れる、など話す。

そして夜は「おかえり」「ただいま」、今日は寒かった、暑かった、晴れてた、雨だった、など語る。


逆にそれ以外はあまり話さない。付き合っていた頃からあまり共通の話題や趣味というものはなかった。

夫もゲームやソシャゲは好きだ。しかし夫がやっているゲームを私がやることはないし、逆もない。「お互いの趣味に興味がない。自分の趣味に相手を付き合わせようとしない」というところだけは共通している。

それは、お前が乙女ゲーばっかりやっているから、それを夫がやるはずないだろう、などと思われては困る。私は乙女ゲーも好きだが、乙女ゲーでも何でもないゲームを乙女ゲー視点でやるもっと性質の悪い夢豚だ。勘違いするな。

だが同じゲームはやっていないとしても、同じソシャゲプレイヤーなので、ソシャゲが共通の話題にならないわけではない。夫がソシャゲをやっていたら「調子はどう？」ぐらいの声はかけるし、それに対し夫は現状を報告する。そして私は「やってねえからわかんね」という、1・5往復ぐらいの会話は成立していた。

その中で、夫はたびたび「自分は無課金プレイヤーである」と謳っていた。

私はそれに「ほう」と言っていたのだが、心の中では「そんなことありえない」と思っていた。課金していると言ったら、怒られると思ったから言わないだけだと。私はそれがわかっているから、自分の廃課金ぶりは夫には言っていない。

なので、罠をしかけた。

課金の際に使うグーグルプレイカードを夫にあげたのだ。廃課金はこのカードを見ただけで、もうヨダレが止まらない。夫の顔を見ると「口がヨダレでパンパンのリス状態」ということはなかったが、普通にカードは受け取った。

夫はそのカードをしばらく、はじめてライターを渡された原始人のごとくスマホと交互にいじっていたのだが、なんとその後「使い方がわからない」と返してきたのだ。

どうやらマジだったようである。

課金プレイヤーなら「もらったカードを返す」なんてことはありえない。吐いた唾を飲み込むぐらい恥ずべき行為だ。夫が課金童貞、ショックである。

しかし、夫婦共に同じソシャゲをやり、課金額を競い合っている、みたいな関係が本当にいいかは別である。

私は、好きなことは一人でやるのが好きだ。

ドラマにもなった「孤独のグルメ」の良いところは、楽しいことを一人で甘受することを、全肯定しているところだと思う。

そこに、飯は大勢で、家族で、恋人と、大切な人と食べるのがいい、みたいなステレオタイプが入るから、一人が好きな人間は自分を寂しい人間だと思ってしまうのだ。

結局、夫婦も会話が多くて、共通の趣味があるのが良いというのも偏見であり、一見良さそうに思えても「実は夫の趣味に付き合うのがつらい」「妻のつまらない話を聞くのが苦痛」という人だっているはずだ。

仮に、今現在、私の唯一の希望であるアニメ「刀剣乱舞‐花丸‐」を夫と一緒に見たとしよう。

まず、OPで長谷部が出てきた時点で一時停止、30分休憩を挟む。前まで1時間ほど休憩していたがようやく慣れてきた。

その後、感極まるシーンが出てくるたびに、一時停止、休憩、ツイッターに「ちょっまっ」とかつぶやく。

奇声こそ発しないが、起立と着席を繰り返し、体は常に西野カナばりに震えており、たまにこらえ切れずに「ブフォッ」とか言う。

正味25分ぐらいのアニメだが、少なくとも鑑賞に1時間以上はかかる。この時点で夫は相当イライラしていると思うが、その後3時間ぐらい私の感想を聞かなければいけないのだ。それも、ずっと「尊い」しか言わないのである。

おそらく次から「一人で見ろ」と言われるだろう。

夫婦が共有した方がいいことも多々あるだろうが、「個人でやった方がいい」こともたくさんあるのである。

長谷部を愛でられるのも夫のおかげ

先日、誕生日を迎え34歳になった。

女という枠からすれば結構なババアであり、誕生日おめでとう、などと言われたら「もう嬉しくないわよ」などと、世界一おもしろくない返しを、普通にしてしまうようになった。

じゃあ本当に誕生日が嬉しくないかというと、そんなことはない。

まず朝起きたら、乙女ソシャゲー「夢王国と眠れる100人の王子様」の王子たちが、次次と私の誕生を祝う言葉をかけてくれる。最高の1年の幕開けである。

その道に精通していない未熟児から見れば、なんて寂しい女だと思うかもしれないが、何せソシャゲである。私はこの王子たちを手に入れるのに、ここでは書けない額の金を使っているのだ。

「金で買った男が列をなして私に祝辞を述べに来る」

もはや「サクセス」という言葉しか思い浮かばない。俺は成功したのだ、何かに。

このゲーム、長谷部（もう説明不要だろうが、どうしても説明したいので言う。刀剣乱舞のへし切長谷部のこと）と同じ声優のキャラも出てくるのだが、彼など「カレー沢が生まれてきたことに感謝する」というようなことを言ってくるのだ。

マジかよ、親でも感謝しているか疑問なところを、長谷部と同じ声のキャラが感謝している。じゃあもういいや、という話である。

ちなみに肝心の刀剣乱舞は、プレイヤーの誕生日を祝うなどという機能はない。変なところで商売っ気がないのである。

じゃあ長谷部が私の誕生日を祝っていないかというとそんなことはない。

オタクとは常に「Do It Yourself」。「原作がやらねえなら俺がやる」の精神こそが大切なのだ。

腐女子がどんなに、邪神像に祈り、生娘の心臓を捧げても、原作で自分の好きなキャラ(両方男)がくっつくことはほぼない。

じゃあ諦めるかというと「作者がくっつけねえなら俺がやってやんよ」と、二次創作や脳内でそのキャラ同士を結婚させたりするのだ。

よって、確かに公式のゲームでは長谷部は私の誕生日を祝っていない。だが、私の誕生日の朝、私の目の前には長谷部がいて「主、誕生日おめでとうございます」と確実に言ったのである。

このように、自分の思い通りの幻覚が見られるようになってからオタクは一人前なのである。

もし「このカップリング好きなんだけど、原作じゃほぼ絡みないし……」と悩んでいるご友人がいたら「D・I・Y！　D・I・Y！」と励ましてあげてほしい。

というわけで今回のテーマはもうわかっていると思うが「結婚して良かったこと」だ。

肝心の実在の夫は、私の誕生日にどうだったかというと、王子様や長谷部の幻覚に後れを取ること3時間後、「朝は言い忘れたけど誕生日おめでとう」とLINEでメッセージが届いた。そして帰宅後改めて「誕生日おめでとう」と言われた。

王子たちや長谷部からの「おめでとう」は、全身痙攣しながら受け取った私だが、夫のおめでとうには、血反吐を吐くこともなく「ありがとう」と答えた。

これは夫よりも二次元の男が好きということではない。

両者は全く別物だし、むしろ、私が思う存分二次元の男に内臓破裂心肺停止できるのも、夫がいてくれるおかげなのかもしれない。

趣味というのは衣食住足りてのことなので、河川敷で新聞紙にくるまりながら見る、「刀剣乱舞－花丸－」が楽しいかというと、やっぱり楽しいとは思うが、不用意に絶叫したりするとポリス沙汰になる恐れがあるため、やはり屋根と壁のある家で見る方がベターだろう。

もちろん家で叫んでも近所の人に「殺人事件が起きている」と通報される恐れはあるが、河川敷よりは家に住んでいる方が呼ばれたポリスへの印象もいいだろう。

つまり、私がゲームやアニメに一喜一憂できるのも、一緒に屋根のある家を建ててくれた夫がいるからなのではないかということである。

日々のなかで改めて「結婚して良かった！」などと思うことはないが、アニメがおもしろい、飯が美味い、夜死ぬほど眠れるのは家族がいるという安心感あってのことだと思うのだ。

仕事だって、精神が本当に荒廃した状態で、こんな文章を書けと言われたって無理だ。

二次元キャラの幻覚が誕生日を祝いに来た、なんてとても書けない。

だとしたら、多少荒廃した方が、こんなことを書かずに済むということかもしれない。

仲直りは現ナマで

世間から後れを取ること5億年、何故か今更グランブルーファンタジーを始めた。やっていない人でも、一度はCMや広告を見たことがあるだろう、人気ソシャゲだ。

一押しのキャラはパーシヴァル（以下パー様）。その容貌に関しては、どうせ担当がａｍａｚｏｎリンクを貼るだろうからそれを参照してほしい。このアフィリエイトコードをどうやって私のものに書き換えるかが目下の課題だ。

パー様はＳＳＲ（最も出にくい）キャラなので、クソの如きガチャ運を持つ私には到底出せるものではないのだが、なんとグラブルは、開始して1週間以内なら、３０００円払うとタダで欲しいＳＳＲキャラが一人手に入るのだ。当然即行でパー様を手に入れた。

続くかどうかもわからないのに。始めて4秒で課金かよ、と呆れているかもしれないが「３０００惜しんで3万失う」、それがソシャゲである。大事なことなので貴様らも腕に彫っておくといい。

パー様はざっくり言うと「俺様系」である。その道に詳しくない胎児以下の人間は「はいはい、今は俺様とか腹黒ドＳ王子が人気なんでしょ」と思うかもしれないが、個人的には二次元における俺様とドＳは全く別物と思っている。

もっとはっきり言うと、私は「俺様」は好きだが「ドＳ」は好きじゃない。好きな人もいるだろうが、こればかりは好みの問題なのでご容赦いただきたい。

どう違うのか、本当に簡単に言うと「お前に拒否権はねえよ」「お前は俺の女だ」とヒロインの来し方行く末を勝手に決めるのが俺様で、「そんなことしてどうなるかわかってる？」「俺はそういう意味で言ったわけじゃないのに、何想像してるの？」と圧迫面接、誘導尋問するのがドＳだ。

どっちも同じだし、どっちも嫌だ、と思った貴様、正しい、気に入った。俺の家に来て妹とファックしていい。だが乙女ゲーをやればこういう男は絶対一人はいるし、しかも人気のキャラだったりするのだ。そこはそういう世界なのだ。

じゃあ何で俺様は良くてドＳ系は嫌かというと、ドＳはどうも他罰的なのだ。

わかりやすいドＳキャラの代表的な台詞でいうと「そんな悪い子にはおしおき（躾）が必要だね？」なのである。

もうこの台詞が出てきた時点で私はスマホを２つ折りだ。

それにこの台詞が飛び出てきた時、大体ヒロインはそんなに悪いことをしていないのだ。トイレ砂以外で小便をしたというなら躾もやむなしだが、未だかつて、部屋の隅でことを済ませ、それをクッションで隠したヒロインは見たことがない。

もしくは、２人で貯めていた結婚資金をＦＸで溶かしたとかなら、怒っていいし、ある程度の仕置きも仕方がない。しかし、この台詞は、その時点では配偶者でも彼氏でもなんでもない男から発せられている場合が非常に多いのだ。

人が人に対し怒るというのは結構大変なことであり、さらにそれを罰するというのは、それ相応の理由と権利を持った者にしか許されない。「ドＳだから」はそれに全く該当しない。

前置きが半分以上になったが（だが珍しく前置きと本題が関係ある）、今回のテーマは「夫婦喧嘩の理由と仲直りの方法」だ。

正直、ケンカはしたことがない。

ここで言うケンカとはお互いの言い分がぶつかり合うケンカのことだ。

夫は我慢強い方だし、それでも我慢できずに言う私への小言は、全部正しいため、私は黙るか「悔い改めます」と言うしかない。実際悔い改めるかはおいておいて、言い返すことがないため、ケンカにはならない。

夫は夫で、これといった悪事を働かないし、もちろんイラつくことは多々あるが、わざわざ怒るほどのことではないので私も夫に対しほとんど怒ったことがない。

では今までで一番怒ったのはどんな時かというと、夫から「飲み会があるので、迎えに来てくれ」と言われた時だ。

もちろん迎えにぐらい行くが、呼ばれた時点ですでに午前1時であり、行ってみると夫の同僚がおり「この2人も送ってくれ」と言われた。結局家に帰り着いたのは午前3時ぐらいだったと思う。

次の日は休みだったが、厳密には会社が休みなだけで、むしろ作家業は休みの日が肝だ。平日と変わらず7時ぐらいに起きて仕事を始める。その日も寝たのは午前3時だが午前7時ぐらいには起きた。

すると今度は「職場まで送ってくれ」と言われたのだ。職場まで往復1時間。たかが1時間、されど休日の午前中という最も仕事がはかどる時間帯である。

その時点で相当私の機嫌は悪かったが、さらに、昨日乗せた夫の同僚の一人が、後部座席にあったものを自分のものと間違って持って帰っており、しかもそれは私のものではなく人から預かったものだった。


カレー沢は激怒した。夫の責任ではない部分もあるが、そんなことは関係なかった。迎えに来てもらうなら常識的な時間で切り上げるのが普通だろと夫を職場に送る車内で懇々と怒った。

夫がそれに何と言ったかは忘れたが、弁解の余地はないのでただ謝っていたと思う。

そして、夫の職場に着き、別れ際「本当にごめん、これを」と1000円くれた。

ケンカの理由「睡眠時間と仕事時間の圧迫」、そして仲直りの仕方は「現金」である。

おのおの参考にされたし。

激ぬるアニメが楽しめるようになってからが大人

――今お前がこれを読んでいる頃、俺はアニメ「刀剣乱舞－花丸－」の最終回を見終わっているだろう――

遺書のような書き出しだが、場合によっては本当に死んでいると思うので、これを読み終わったら、私の代わりに五番街のマリーが元気にやっているか見てきてほしい。

いいアニメだった。どう良かったかを説明すると大河ドラマになるので割愛するが、一言で言うと、長谷部が良かった（前回長谷部の話がないという痛恨のミスを犯したので。今一度言うがゲーム刀剣乱舞に出てくるへし切長谷部というキャラ）。

いや、良くない長谷部はいないだろう、とコレを読んでいる皆さんお怒りだろうが、そんなの当たり前だ。お前こそふざけているのか、悔い改めろ。

などと突然見えない敵に怒り出すほど良かった。

もちろん長谷部は全部いいのだが、花丸の長谷部は特に良かった。ほぼ自分の思い描く理想の長谷部だった。

オタクたるもの、公式がいかに明朗快活に描いているキャラでも「こいつはヤンデレだ、俺が決めた」という強い意志の下、脳内でそいつに受キャラを監禁させ、相手の血をペロリと舐めてから微笑ませる……みたいなことをさせるのも自由だが、それでもそれを公式がやってくれる、というのはでかいのだ。

私のヤンデレ像が終わっていることが、何気に露見してしまったが、まあともかく長谷部が金メダル級だったのである。

よって、今回のテーマは「夫婦の正月の過ごし方」だ。

ところで話は変わるが、花丸の次に良いところは「いい意味でぬるい」点であった。

年を取ると、フィクションがきつくなる。「おもしろそうだがこれを見て、万が一俺様の心が傷ついたら大変だ」という防衛本能が働くため、最近では「火薬とCGにかける予算がでかいほど尊い」みたいな、アクションものしか見られなくなっている。最終的に、マッドマックス以外を見ると吐くようになるだろう。

また漫画家なんかになってしまったせいで、漫画や漫画原作のものはほぼ受け付けなくなった。先日も他所の担当に「逃げ恥見てますか？」と聞かれたが「おもしろいのはわかっているが、あれは漫画原作ではないですか。私は同業者のサクセスを見ると、体中に青紫色の発疹ができて死ぬんです」と答えた。

「顔も知らない人間のサクセスに、親を殺されたが如く怒れる」というのは、神が私に与えた数少ないギフトなのだ。

よって、楽しめる創作物は子供の時に比べると、1％ぐらいに減っている。私に残されたエンタメは、ひたすらソシャゲで単純作業か、虚空を見つめて飛蚊《ひぶん》症患者が見るようなあのモヤモヤしたヤツをひたすら追うことしかなくなっていたのだ。

なので、花丸を見るのも実は怖かった。好きゆえに、余計その内容に傷ついてしまうのではないかと。

しかし、蓋を開けると、人を傷つける要素がない激ぬるだったのである。真面目な部分もあるが、基本的に和気藹々としていたし、何より、みんな仲が良かった。

またキャラも難易度低めに設定してあった。「釘が甘い」のだ。こじらせキャラも協調性ないキャラも割とちゃんと共同生活をしていた。何度も「この山姥切と大倶利伽羅はイージーモードだな……」と思った。

BLや夢という性癖を超えて「好きなキャラ同士が仲がいいと嬉しい」のである。

このように、花丸は胃の粘膜が全壊している私にもやさしいうどんのようなアニメだったのだ（実際花丸には長谷部がうどんを作る神回があるのだが、話がこち亀全巻ぐらいになるので割愛する）。やっぱりアニメはおもしろいし、見ず嫌いは良くない。アニメも漫画原作以外のものは（そこで相当絞られる）、もっと見ていきたいと思う。

蛇足になるが、夫婦の正月の話である。

といっても、私も正月休みはなんやかんやと仕事をしているし、夫も仕事納めが12月30日で仕事始めが1月2日とかなので、あまり正月休みという感がないのだ。

元日に夫の実家に集まり、2日に私の実家に行くというのが恒例になっている。毎年飽くことなく同じことを繰り返しているという感じで、これといったことは起こらない。

正月だけではなく、我々夫婦は、ワーホリ気味であるのだが、私の忙しいと夫の忙しいは質が違うと思う。

私の仕事は、会社はさておき、作家業は一人仕事だし、その点では楽だ。だが夫は、会社の中で大勢と働き、さらに中間管理職としても忙しい。私にその忙しさはとても無理だ。

それに、私は本当に私だけのことをして忙しいと言っているが、夫は忙しい中で、家のことや時に私の世話までするので頭が下がる。

夫は去年10年近く勤めた職場から異動になったのだが、その時、職場の人間から贈られた寄せ書きが玄関に飾られている。

その寄せ書きも普通の色紙などではない、実に手が込んでいるのだ。大きなコルクボードに、職場で撮ったと思われる写真の切り抜きがあしらわれ、色画用紙などがふんだんに使われて実にカラフルである。

それを見るたびに、夫は、前の職場で、皆に慕われていたのだなと思う。私は協調性がない上にいつも自分のことばかりなので、絶対にそんなものはもらえない。その点は本当に心から尊敬しているし、誇らしく思う。

だから私はその寄せ書きの前に、もちろん自腹で購入した「ねんへし」を飾った。

そういうところがダメなんだと思う。

「あなたの
長谷部です。
お納めください」

あけましておめでとうございます。

だが今年のことはどうでもいい、よろしくする必要すらない。それより去年の話だ。


昨年末、みんな知らないかもしれないが「クリスマスイヴ」という日があり、恵比寿ガーデンプレイスにいた。そう書くとリア充の極みだが、もちろん仕事である。

確かにイヴの恵比寿はすごかった、カップルの群衆地として図鑑に載せていいぐらいの惨状であり、仕事先から出て30秒で、カップルが抱き合っていた。

それはハグではない、抱擁だった。「こういうセット売りなんです」というぐらい、しっかりと抱き合っていたのだ。

時刻は午後6時。この時間からそんなに飛ばしていて体力がもつのだろうか、と思ったが彼らはもつのだろう。

いつもだったら、そういうカップルをいかにとんちを利かせて殺すか、で全文字数使うところだが、その時の私はそんなものには頓着していなかった。もっと大きな目的があったからだ。


先日、最終回を迎えたアニメ「刀剣乱舞－花丸－」に長谷部（今年どころか世紀末まで言い続けるが、ゲーム刀剣乱舞に出てくるへし切長谷部というキャラクター）がうどんを作る神回があったのだが、それが最初から仕組まれていたかのように「はなまるうどん」とコラボし、限定で「長谷部のうどん」を出すというのだ。

言っておくが「長谷部が作ったという設定のうどん」ではない。「長谷部が作ったうどん」である。「中の人などいない」と、同じ理屈だ。

私のような地方民にとって、こういう限定モノは最初から「存在しないもの」と考えないとつらい。売られるのは都心の店舗ばかりだからだ。しかし今回は、ちょうどその期間中に仕事で上京するという僥倖があり、しかもクリスマスイヴ。行くしかない。

だから、イルミネーション前で抱き合うカップルに遭遇しても、車内で若者たちが踊り狂いながら走っている謎のバスを見かけても、足取りはしっかりしていた。

そして午後9時。私は長谷部がうどんを作って待っている店舗がある、池袋に舞い降りた。たどり着けるか不安なので、道案内として私の本などをデザインしてくれているデザイナーさん（男性）に同行してもらった。

池袋といえばオタク女の街というイメージがあるが、ちゃんとリア充スポットもあるらしく、人もカップルも多かった。しかし私はこれから長谷部のうどんを食うのだ。恐るるに足らない。

長谷部のうどんが発売されてからその店舗は賑わっているらしいが、当日は客が少なく、すぐに入ることができた。みんなクリスマスイヴに長谷部のうどんを食べなかったら、一体他に何を食っているのだろうか。鳥の死体とかだろうか。かわいそうである。

店内は閑散としていたが、私たちの前に入った男性の一人客も長谷部のうどんを注文していたので「こいつクリスマスの過ごし方を心得ているな」と、勝手に一目置いた。

そして長谷部のうどんはやってきた。店員の「あなたの長谷部です、お納めください」というコールと共に。その時私には見えた。厨房で微笑む長谷部が。

同行したデザイナー氏によると、私がずっと「セイイエス状態」でどうしようかと思ったとのことだが、私は長谷部が見えなかったという彼の方が心配だ。いるものが見えないというのも立派な症状である。

というわけで、諸君には悪いが、今回のクリスマスは完全にサクセスであり、リア充だった、遠慮なく爆発しろと言ってくれて構わない。

よって今年のことなどどうでもいいのだが、一応今回のテーマは「今年の夫婦の目標」だ。そんなもの「初日の出」だ。それか「富士山」でもいい。書き初めに書かれている、あの謎の文言だ。アレを書いて何を成し遂げようというのか本当にわからない。

私個人としては、目標というより義務レベルで改善すべき部分があるが、夫婦の目標と言われると思いつかない。

そもそも今まで夫婦で足並みをそろえて何か達成したことがあっただろうか。私は家族間ですら協調性がなく、いつも一人で何か企て、一人で瓦解させている。

それに私が何か提案したところで2人の目標というより、手前の思いつきに相手を巻き込んでいるだけな気がするし、自分の方が先に投げ出すに決まっている。

犬を拾ってくるのは私だが、世話するのは夫。そういう家なのだ。

夫婦の目標というのは2人のベクトルが同じ方向を向いていて初めて成立するものである。

だから夫に「今年の2人の目標は家をキレイにする、だ」と言われても「方向性が違う」と言って断るつもりである。

坂田金時、登場！

みんな回しているか。経済（ガチャ）を。

正月といえば、どのソシャゲも「福袋」という名の「3000円払えばタダでレアカードがもらえる」系キャンペーンをやるため、我々、課金兵はもちろんのこと、無課金者ですらついつい課金してしまうという、顧客感謝でもなんでもないことをこぞってやっている。もちろん、3000円払うだけでレアがタダでもらえると聞いては、回さないわけにはいかないのだ。

ちなみに福袋の結果は皆さんには悪いが上々だった。しかし問題はその後である。

私は去年夏ごろから「Fate/Grand Order」（以下FGO）というソシャゲをやっている。年末にアニメが放送されたからか、最近またユーザーを増やしている人気ゲームだ。

まず私が新しいゲームを始める時は先に、キャラをチェックする。「お前にキめた」という推しキャラを選定するためだ。プレイしているうちに好きになることもあるが（例えば刀剣乱舞に出てくるへし切長谷部というキャラクター）、私は大体この一目ぼれ方式が多い。

そこで私が「お前や……」と思ったキャラは「坂田金時」というキャラである。

しかしこの金時、ＦＧＯのガチャでは一番出づらい「☆５」のキャラだったのだ。

この「見初めた相手のレア度が高い」というのは「愛した相手が女子小学生だった」ぐらいの悲劇なのだ。諦めないと社会的に死ぬ。

しかもこの金時、☆５の上に、限定キャラで限られた期間しかガチャに出現しないのだ。

どうやら私が愛した男は男子幼稚園児だったようだ。あいさつしただけで「事案」と言われてしまう逸材であり「追いかけてはならない」存在だ。

しかし逆に言えば、いくら回しても出ないとわかっているなら、回さなくて済むのだ。よって、ＦＧＯに課金はしていたが、どうしても欲しい金時がいないため、そこまでつぎ込んではいなかった。

しかし忘れもしない1月11日。ついに、坂田金時がその一日だけガチャに出現したのだ。

追ってはならない。しかし私は「出る」と聞いた瞬間、特攻服にバットを携え、単車にまたがり「待ってたぜ、この時をよォォォォ！」と彼のいる幼稚園に出発（デッパツ）していたのだった。

福袋で大勝利を収めたこの私である。意外と金時も一発で出てしまうのではという慢心があった。課金したとしても1万ぐらいならタダで出た範囲だ。

だが、出なかった。回せど回せど出なかった。3万ほど課金したところで私の脳裏に「撤退」という文字が浮かんだ。

だが、物事というのは始めるのはたやすく続けるのは難しい。そして、それよりさらに難しいのが「志半ばで諦める」ことだ。ソシャゲというのは特に「諦める」のが難しい。推しが出るまでやらないと、今までの課金が全て無駄になるからだ。皆さんも人を一発でも殴ってしまったら死ぬまで殴らないといけないと思うだろう。それと同じだ。

次は出るかもしれない。そう信じ私は回した。

そして私は課金額が5万を超えたところでスマホを置いたのである。

大敗北だ。しかし私を打ちのめしたのは「一日で5万失い推しも出なかった」という事実ではない。ツイッターで、同じFGOのガチャで「60万で推しを出すことができた」という人を見たからだ。

ソシャゲのガチャには「描いたら出る教」「おしっこ我慢教」など様々な願掛けの宗派がある。どれもオカルトにしか過ぎないが、一つだけ確実な宗派がある。

「出るまで回す教」だ。

出るまで回せば確実に出る、つまり勝率100％だ。

どうしても欲しければ、出るまで回せばいいのだ。しかし私にはそれができなかった。つまり、全ては私のオタクとしての未熟さ、徳の低さが招いたことである。金の有無の問題ではない。

田岡茂一級に「敗因はこの私」なのだ。金時、60万出せない俺を許してほしい。

このように2017年は波乱の幕開け（財布の中身的に）となったのだが、全くそれとは関係ない今回のテーマは「夫婦だけの遊び（またはギャグ）」だ。

正直何を聞かれても「そんなこと話す気分じゃない」と答えたいところだし、そもそも夫婦だけの遊びってなんだ。セックスの隠語か。

だったらもうセックス、セックスでいいです。と思ったが、担当の出してきた例は「夫婦で森の住人という設定で生活してる」というものだった。かなりセックスから遠い。

つまり夫婦間だけでやっている遊び、ギャグについて語れということらしいが、私たち夫婦は日々を真顔で過ごしている。突然森の住人として暮らせと言われても、2人とも「そんなこと恥ずかしくてできない」と言うタイプだし、やらせても2人ともお笑い筋肉が弱いので、おもしろい行動とかとれない。

それに私から見て夫はエンタメ的な意味でおもしろい人間ではない。でもおもしろい必要もないと思っている。毎日働いて、家のこともして、さらに「私を楽しませろ」などと、蛮族の首長みたいなことを言うのは酷である。

もちろん、パートナーにおもしろさを求める人もいる。夫は多重債務者だが、それをネタにしたコントがとてもおもしろいので許せるというなら、それでいい。

ただ、我々とて全く冗談を言わないわけではない。そこで私たちの鉄板ジョークを紹介しよう。

私は平素家の2階にいることが多く、夫は1階にいることが多い。

たまに私が2階から降りてくると、夫は「俺の肩を揉みに来てくれたのかな？」と聞く。

私はそれに対し「そんなわけないじゃん」と返す。


以上だ。


つまらない。こんなことを書いて金をもらっていいのか迷うレベルだ。

夫婦の遊び、冗談というのは総じてつまらないものであり、逆にそれを飽くことなく続けられるのが夫婦なのかもしれない。

夫婦生活にギャップはいらない

今回のテーマは「結婚後の良いギャップ・悪いギャップ」だ。

オタクにギャップ萌えについて尋ねるとは迂闊としか言いようがない。「命知らず」と言ってもいい。

これは多くのオタクがタバコに火をつけ長い煙を吐いた後「話してもいいけど、長くなるぜ？」と指を鳴らす質問だ。その瞬間、店員が頼んでもいない、ポテトフライを1億人前運んでくる。もちろんドリンクバーつきだ。

いつ場面がファミレスになったかはおいておいて、ギャップというのは、二次元においては本当に大切である。

わかりやすい例で言うと「不良が子猫にミルクをやっていた」「勉強も運動も完璧だが絵が異常に下手」など、意外性で相手のタマを取る手法だ。

今でこそ語彙が「ハーイ」「バブー」「長谷部」しかない私だが（貴様らが忘れてはいけないので言うがゲーム刀剣乱舞のキャラクターへし切長谷部のことである）、昔は当然別のキャラに熱を上げていた。

意外と「生涯一人のキャラ、ジャンルを愛しぬくオタク」というのは少ない。

それは当たり前だ。毎年、毎日、新しいアニメ、ゲーム、そしてキャラが生まれる。新しいものはいろんな展開がされる。逆に古いものは、だんだん展開がなくなり、公式からの供給がストップし飢餓状態になる。そうなると、資源も人も多い新しい豊かな土地に行きたくなるのは当然だ。

それを「裏切り」「そのまま餓死するのが愛」と主張するものもいるが、それでは自縛すぎるし、世界は核の炎に包まれてしまう。

かと思うと逆に「今さら〇〇（旬の過ぎたジャンル）にハマってしまった……」と、大軍が去った焼け野原で、クワ一つ持って呆然と立ち尽くしているオタクがいたりするので、オタクの「ジャンル変遷」というのは奥が深い。

しかし、新しい土地に移ったからといって、前いた土地のことをなかったことにするわけではない。「故郷の村は焼いた」みたいな、過激派でない限りは「今も心にある」といった感じなのだ。

つまり何が言いたいかというと「ふーん。で、君は結局二次元キャラの中で誰が一番好きなの？」と聞かれたら「オウフｗｗｗいわゆるストレートな質問キタコレですねｗｗｗ」と鉄板の返しをした後「『金色のコルダ』の土浦梁太郎」と即答する、ということである。

「金色のコルダ」とは、女性向け恋愛シミュレーションゲームのパイオニア、コーエー㈱が出した乙女ゲーなのだが、個人的には乙女ゲーの中では地味な方だと思っている（私は初代しかやってないので続編がどうなっているかは知らない）。

なぜ地味かというと、彼らは最後の最後まで「ゲーム内の目的からあまりブレない」からだ。矛盾しているように思うかもしれないが、元祖乙女ゲー「アンジェリーク」だって、「制限時間内ここにいる男食い放題です」なんてタイムセールに呼ばれた、というストーリーではない。主人公は「新しい世界の女王になるための試験で勝つ」ことが目的なのだ。

つまりゲーム自体の目的は男との恋愛でも、ゲーム内では別の目的があるのだ。

それは時として「世界を救う」など壮大なものであったりする。しかし、乙女ゲーなのだ。男とイチャつけなければ、プレイヤーの方が世界を滅ぼす。だがその一方で「お前ら世界平和はどうした」と思わなくもない。

その点、「金色のコルダ」は「音楽コンクールに挑む」という目的からブレない。もちろん恋愛要素もあるが、あくまで音楽。手を握るより、音と音で触れ合おうぜという按配だ。しかも、学園モノであるにもかかわらず、教師キャラが異常に「わきまえている」。乙女ゲーの教師キャラといったら存在自体が「事案」なのが普通なのに。「金色のコルダ」は珍しい「通報できない教師」が出てくる乙女ゲーなのだ。

実に硬派なのだが、ディープな乙女ゲーを求めている人にとっては物足りないかもしれない。しかし私は今でも好きだ、土浦がいるから。

土浦はいいギャップの宝庫である。不良が子猫を拾ってたみたいな一発逆転満塁ホームランなギャップではないが、ヒットヒットで5億点ぐらい取っている。

まず、見た目がスポーツマン系。実際サッカー部なのに、ピアノがメチャクチャ上手い。

前言撤回、すでに満塁ホームランだし、球は私の顔面を貫通していった。

そして体育会系は勉強が苦手という設定をつけられがちだが、土浦は得意科目が数学なのだ。他の教科は平均でも数学だけ「9点」取る私にとっては、それだけで失神不可避である。

そして私を一番爆発四散させた土浦のギャップ萌えは、いいか、言うぞ?

「革靴を履いている」ことだ。

制服にスニーカーを履いてそうなのに、革靴なのだ。これはもう死ぬしかない。

察しのいい読者はもう気づいていると思うが、夫の「良いギャップ・悪いギャップ」だが「ない」だ。

このコラム、基本的に書くことはないのだが、今回ほど「無」なことはなかった。夫は出会ってから今まで「そのまんまな人」だった。イメージから大きく逸脱したことが一度もない。

これは単に私の夫に対する理解が足りなすぎなのかもしれないが、正直、二次元に比べて三次元で起こるギャップというのは大体クソである。

ためしに「大人しくて目立たない（だから真面目だろう）」と思われている奴を一日観察してみるといい。目立たないことをいいことに、死ぬほどサボっていたりするのだ。

夫のことを理解していない、と言っても、もう10年は一緒にいる。サラリーマンだと思っていたが実は石油王だった、などの良いギャップが発見できるとは思えない。だとすると、掘り下げて出てくるのは「実は借金がある」「浮気している」などのクソギャップのみに決まっている。

だったら今更「夫くんを観察して意外な一面を発見しよう♪」なんて思わない方が良い。財布からアコムのカードか、風俗の回数券が見つかるだけだ。

私は夫のことを頼りがいのある人だとは思っているが、それでも虎に襲われたら、私を置いて逃げるかもしれない。しかし虎に襲われるというシチュに陥ることがなければ一生、そんな本性を見ずにすむのだ。

大切なのは本性よりも、悪い本性が出てしまうような状況にならないように努力することかもしれない。

キモく
あり続けて
本当に良かった

今回のテーマは「私から見た夫」だ。簡単に言うと夫を紹介しろということだ。

夫は私より3つ年上の会社員で、3人兄弟の長男。大人しい方だがコミュ障というわけではない。

怒ったところはあまり見たことがないが、仕事では怒ると本人が言っていたので怒ることもあるらしい。車とビールが好きな人である。

若干尺が余ってしまった気がするので、仕方なく別の話をするが、最近オタク界隈で「年齢制限」という話が話題になった。

話題になったと言っても、私は極力この話を見ないようにしていたので詳しいことは知らない。どう考えても中年オタクの私が見たら腹の立つ話だろうと思ったからだ。

ネット上の腹の立つ話というのは、腹が立ったからといって、今からそいつをこれからそいつを殴りに行こうかというわけにはいかない。もうこのたとえからしてババアすぎてそりゃ制限されるわと思うが、ネットのムカつく話というのは、本当にムカついただけで終わるので最初から見ないようにしている。

だが見ないようにしていても一日64時間ツイッターをやっていると、大体の概要はわかってしまうものなのだ。

つまり「いい年したババアが10代の二次元キャラに萌えてるなんてキモすぎるので付き合いを拒否する」という話だ、多分。

画面から出てこない男にマジ恋なんて、ババアだろうがガキだろうが全員キモいに決まっているだろう。

誤解を招くといけないが、これはもちろん、二次元の男を好きになるという趣味を全く理解できない人間から見た場合である。オタク趣味にかかわらず、趣味というのは理解できない者から見ると、異端なものであり、時としてキモいと感じるものなのだ。

私も先日、夫が1本2万以上するスタッドレスタイヤを買うと聞いて、変態じゃないかと思った。

つまり4本で10万近くになる。それだけあれば私は坂田金時を諦めないで済んだかもしれないのに、それをタイヤ如きに。それともそのタイヤは子安武人の声でしゃべるのか。そう思い夫の車のタイヤに耳をすましたが、何も聞こえてこなかった。ただゴムくせえだけである。

ではオタク全員がキモいと仮定した場合、そこに年齢の差異はあるのかと言われると残念ながら「加州清光超カワイイ」と言っているJKと「長谷っ！　ハセッヴェ！　コプワァ……（萌えゲロ）」と言ってる34歳だったら、圧倒的後者という名の自分の方がキモい。むしろこれがキモくなかったらキモいの概念から見直さなければならない。

ただそれは年齢ではなく私の面構えの問題なのかもしれないが、どんな趣味でも熱くなりすぎると「いい年をして」と言われてしまうのである。

話は少し変わるが、先日刀剣乱舞の同人誌即売会に参加した。

私はそこで、へし切長谷部と大典太光世（忘れず言うし残さず言うがゲームのキャラクター）が、公式ゲーム中には存在しない、私が考えたヒロインと恋愛する漫画を描いて売った。

もうこの世界観に無言で吐いている人がいると思うが、それが私の趣味であり、そのイベントはいろいろ細かい違いはあるが、大体似たような趣味の人が集まる場であった。

つまりそこでは私の好きなものばかりが売っているのだ。まさにこの世はでっかい宝島である。

よってこのイベントの前日は楽しみすぎてなかなか眠れないし、朝はどんな老人よりも早く起きる。

年を取ると、新鮮な喜びや驚きというものがドンドン減ってくる。日々単調か、逆にやりたくないことばかりで一日が終わることもざらだ。

そんな中、この年で「夜も眠れない」という楽しみに出会えたのは他ならぬ「私が34年間キモかった」からだ。

むしろよくぞ、ここまでキモくあり通した。褒めたい、自分を褒めたい。

もし10代、20代の私が「彼氏できたから二次元は卒業」とか「結婚までして二次元とか（笑）」とかふざけたことを抜かしていたら、今の自分のこの大きな喜びもない。吉良吉影からスタンド能力を奪って中年女にしたかのような、つまり吉良吉影と全然関係ない生き物になっていただけだ。

そして今30代の自分も、このバトンを未来の私につないでいかなければならない。

「50の君へ」

50歳になった私、今恋はしていますか（二次元の男に）。

もしかしたら今私が愛している男（二次元の）のことなんてすっかり忘れて、別の男（平面の）と暮らしているかもしれないし、突然ショタに目覚めてレベルファイブの奴隷になっているかもしれませんね。


でも、それでもいい。あなたにはこれからも誰か（二次元の）を愛し続けていてほしい。もう年だし「尊い！」と叫んだ瞬間尿漏れするかもしれないけど、昔だって、萌えのあまり泣いてしまうことがあったでしょう。涙が尿に変わっただけで、本質は何も変わらないのです。あなたのことを笑う人がいるかもしれないけど「ダークソウルおじいちゃん」みたいに80まで続ければ、皆があなたを尊敬するはずです。

その時はネット記事で「今まで落とした男（画面から出てこないやつ）は8000人くらいやな」と言ってやってください。そんな未来のために私も頑張ります。
・・・・・・・・・・・・・・・・・・・・・・・・・・・・・・・・・・・
今私の後ろでアンジェラ・アキが熱唱しているし、私も観客（私）も超泣いている。

逆に夫が私を紹介した場合、「妻はオタクだ」と紹介するかが気になる。

自分が前の職場でもらった寄せ書きの前にねんへしを置かれているのでわかっているとは思うのだが、多分ここまでクソオタとは思っていないはずだ。

だから夫も私が思っている以上に、車とビールが好きな人かもしれない。車にはもっと金をかけているし、ビールも直腸から入れているのかもしれない。

しかし、直腸はいいが、私がガチャ中毒で、夫がカー用品マニアだと我が家は破たんするので、車の方は控えるか、買うにしても子安の声でしゃべるやつにしてほしい。

キレイ好きと汚い好きで結婚したらこうなる

皆さん、嫌いなものはあるだろうか？

答えなくていい、聞いてない。

だが多分あるだろう。人間である以上、物でも人でも絶対、嫌いなもの、苦手なものの一つや2つある。

しかし、自分が嫌いだからといって、それが悪というわけではないし、さらにそれが好きな人を貶めるのはご法度だ。

自分が大根が嫌いだからといって、好きな人に対し「あんなの太すぎるだろ、ガバガバのズベ公が。フォルム的にもきゅうりが至上。異論は認めない」などと食ってかかってはいけない、ということである。

現在私は、グーグルプレイカードか長谷部（貴様らのことだろうから、もう忘れているだろう。刀剣乱舞のへし切長谷部のことだ。脳髄に刻んどけ）を与えるか、バールのようなもので10回程度殴れば大人しくなる人間と思われている。

グーグルプレイカードとバールのようなものに関しては正しい。グーグルプレイカードならたとえ3銭でも嬉しいし、バールのようなものも打ち所によっては3回ぐらいで黙る。

しかし長谷部なら何を与えても心臓が止まるというわけではない。

中には長谷部であれば何でも食えるという、食事を作っている親にとってありがたいオタクもいるが、多くのオタクが、細かい、はっきり言うと面倒くさいこだわりを持っている。

私は、長谷部のことをざっくり言うと夢豚視点で見ている。これも厳密に言うと違うのかもしれないが、この話をし出すと、バールのようなもので、ハンバーグになるまで殴っても黙らなくなるので割愛する。

よって長谷部絡みのBLは見ない。もちろんこれは逆の者もいるだろう。

では、その両者が殴り合っているかというと、マジで燃え盛る本能寺の中で殴り合っている夢豚と腐女子もいるのだが、それは一部だ。おそらく多くのオタが「趣味に合わないものは最初から見ない。見てしまったとしても、その作者にツルハシで襲い掛かるようなマネはしない。忘れる」ぐらいのスタンスだと思うし、自分もそうだ。

だがたまに思うのだ。私と同じくらい長谷部が好きな人と、そして腐女子、例えば同じ刀剣乱舞のキャラクター、燭台切光忠と長谷部のBLカップリングが好きという「燭へし派」の人とが、対面で長時間話すことになったらどうなってしまうのだろう、と。

これが「テーブルの真ん中においてある棍棒で交互に殴り合ってください、先に倒れた方が負けです」というルールならいい。

しかし「長谷部に関してフリートークしてください」だったら地獄である。

相手とは趣味が違う。わかり合えることもないだろう。だが相手が悪いわけでもないので、尊重しなければならない。でも、やっぱりわかり合えないし理解できないとはいえ、相手はそうなのだから、それを認めなければいけない。

そして数時間の重苦しい沈黙のあとに「棍棒を持ってきてくれ」と言うしかないのだ。

もうおわかりだろう、今回のテーマは「夫婦で意見がわかれること」だ。

右記のような場合はまだいい。まずそんなシチュエーションになることがないだろうし、いざとなったら棍棒で解決できる。

だが、夫婦はそうはいかない。基本片方が死ぬまで一緒だし、棍棒という手段も、それが原因で片方が死ぬ恐れがある。

それも明らかに一方が間違っている場合はいい。しかし「ただ意見が違う」「相手が間違っているわけではない」という場合が困るのだ。他人だったら、意見や趣味が違う人間とは関わらないようにできるが、夫婦はそうはいかない。多少の合わない部分は折り合いをつけてやっていかなければならない。

まず我々は、会話がないので意見が食い違うということがないのだが、決定的な「見解の違い」で憤懣やるかたない気分になることはある。

その違いとは「キレイの基準」である。
夫はキレイ好きである。そして私は汚い好きとしか思えない生活をしている。
多分、10人中、5億匹が夫の方が正しいと思っただろう。私もそう思う。汚いよりキレイに越したことはない。

しかし先日、私の車の車検があった。私の車は正直、走るゴミ箱みたいなものなのだが、それでもお他人様に預ける時ぐらいキレイにしておくか、と車を片付けた。
その数時間後、夫が「あなたの車掃除しといたよ」と言ってきた。

夫は私が「キレイにした」と思った車を「汚い」と判断し、さらに掃除したのである。

「オーサンキューサンキューファックユー」である。私の気がもう少し短かったら、良かれと思ってポリス沙汰だ。

このように夫は、私がキレイにしたと思った部分をさらに掃除してくることがよくあるのだ。

もちろん高圧洗浄機で、家の塗装をぜんぶ剝いだ、というレベルでなければ、掃除しすぎて悪いことはない。しかし腹が立つものは立つのである。

だが、夫が悪いことをしているかというと、全くしていないのだ。怒るわけにはいかない。

夫は燭へし派なのだ。そう思うしかない。

だが、やめない

2月、3月は忙しい。バレンタインとホワイトデーがあるからだ。

突然のリア充発言で申し訳ないのだが、ソシャゲがこぞって、バレンタインデー、ホワイトデーイベントをやるのだから仕方がない。

それだけではなく、ソシャゲは大体季節にちなんだイベントをやる。クリスマスなどはもちろん、ハロウィンすら外さない。夏はもちろん水着イベントだ。

つまり、我々はすでにそこらの雑魚リア充よりよほどイベント事を楽しんでいると言えるので、そろそろこちらが「爆発する側」なのかもしれない。

しかし刀剣乱舞は「季節を完無視」することで有名である。俗世がクリスマスだバレンタインだと騒いでいる間に、とりあえず大阪城の地下を50階まで掘ってください、話はそれからです、みたいなことを平気で言い出すのである。

もちろんバレンタインも無視だ。女性向けでありながら、男子校の応援団ぐらい硬派なのだ。

しかしオタクというのは公式から餌を与えられないと、飢餓から逆にシックスセンスに目覚めるのである。映画の場合は「死者が見える」という設定だがオタクの場合は幻覚が見えるようになる。

つまり私は、バレンタインにへし切長谷部（貴様らが泣くまで言うことをやめないが、ゲーム刀剣乱舞のキャラクターだ）にチョコをあげたし、ホワイトデーにお返しをもらったのである。

お医者さんに相談だ。

素人はそう思ったかもしれない。しかしそういう奴は一番大切なことを忘れている。「幻覚はタダ」だということを。

他のソシャゲのバレンタインイベントというのは大体「バレンタイン限定ガチャ」などが付随しているため、それはもう、金がかかるのである。

それに対し「幻覚プライスレス」だ。やはり私の長谷部は優しい、よし撫でてやろう（一心不乱に虚空を撫でさすりながら）。

ＦＧＯも、バレンタイン、ホワイトデーイベントをやっているのだが、なにせ年始の「坂田金時ガチャ」で5万溶かした傷が想像以上に深く、少しＦＧＯから離れている。

私は、ソシャゲをやる気がなくなった時は潔くやらない。ボーナス目当てでログインだけしとくか、みたいなことすらしない。

魔女の宅急便風に言えば「ガチャも回せなくなる時がある……回せない時は……回して回して回しまくる。それでも駄目な時は、回すのをやめて何か別のことをする。すると不思議とまた回せるようになるんだよ」ということだ。

さすがジブリ、さすが誰も引退したと思ってなかったハヤオ、ソシャゲが生まれる何十年も前から、ガチャの極意を示していたのだ。

というわけで、今はFGOをお休みして「KOF'98UMOL」というゲームをやっている。私が中学生の時好きだった格闘ゲーム「THE KING OF FIGHTERS」のソシャゲ版だ。

萌え重視のゲームではないのだが、懐かしく、そしてゲーム自体がかなりおもしろい。そしてこのゲームの画期的なところは「金さえ出せば大体なんとかなる」という点である。

他のゲームはとにかく運要素がデカイ。私が5万出して、手に入れることができなかった金時を、無料ガチャで手に入れている人間がいくらでもいるのだ。

それに比べKOFは金さえ出せば大体のものが手に入る。ただし、その金の額がたまに

「このゲームは石油王むけかな?」と思う時もある。

しかし、ソシャゲというのは「金で済むなら安い」のである。どのくらい安いかというと、コミコミで0円くらいにはなっていると思うので、実質タダである。

よって私は今年になってKOFに10万以上は課金しているが、タダなのだ。

話は変わるが、2月、3月といえば確定申告もある。

私などは、白色申告かつ節税知識もないので、毎年税金額が「こんなことならもっとガチャを回しておけばよかった……」と思うほど高い。

さすがに対策を講じた方がいい、ということで今年分から税理士に委託することにした。

しかし、税理士に見せる銀行の明細にはバッチリ右記の課金履歴が記載されているのである。

まず、今年開幕早々、一日で9800円が5回落とされている。税理士はソシャゲとか知らないタイプに見えるが明らかに「良からぬことが起こっている」のだけはわかる。

そして、KOFへの課金履歴も言わずもがなだ。

多分どの税理士も「節税以外にやることがある」と思うだろうが、クライアントの個人的な金の使い方にまでは口を出さないかもしれない。

しかし、問題はその税理士が夫の紹介なのである。

大ピンチだ。

「よくわかんねえけど、お前の嫁やべえことになってんぞ」と言う可能性がある。

だが今までのことはもうどうしようもない。そこで私は、ソシャゲをするためだけ用に、新たに銀行口座とデビットカードの申込をしたのであった。

余談になるが今回のテーマは「私たち夫婦の自慢できること」である。

私がこんな有様な時点で誇れることは何もない気がするが、強いてあげるなら「挨拶、感謝、謝罪」をちゃんと言う点であろうか。

朝起きたら、おはようと言うし、夫は夕飯を出すと、今でも「ありがとう」と言う。

私が作った料理であるから、不味いし、たまに腐っているが（わざとではなく、私の料理は完成時点で腐っていることがあるのだ）、そう言われればやはりこちらも気分が良いので、私も何かしてもらった時はちゃんとありがとうと言うようにしている。

しかし、挨拶と感謝はいくら言ってもいい。ただ謝罪だけは「ごめん」と言ってその話を終わらせようとしている場合もあるので、注意が必要である。

「俺は謝った、だからこの話は終わりだ」と話し合いを放棄してしまうのは、夫婦にとって必ずしも良いことではない。

おそらく、多額の課金が夫にバレ、咎められたら私は「ごめん」と言うだろう。

しかし課金はやめない。つまりそういうことである。

推しの死に
備え続けるのが
オタクの人生

震えているか？

何に震えているかは言うまでもない。アニメ「活撃 刀剣乱舞」にだ。

放送開始は2017年7月だが、そろそろ小便と神様へのお祈りを済ませて、部屋の隅でガタガタ震えていなければいけない段階だ。まだという者は遅きに失しており、猛省の必要がある。

昨年「刀剣乱舞－花丸－」が放送される前も震えていた。もちろん「死」への恐怖にだ。

この「死」とは、今まで、数枚の止め絵と数種類のボイスしかなかった刀剣乱舞のキャラクターが、いきなり動いてしゃべり出したらショック死するんじゃないかという「死」である。喉が渇いている奴をいきなり放水車で轢いたら死ぬのと同じだ。

だが、俺や貴様らの死などどうでもいい。大体オタクというのはスペランカーぐらいよく死ぬし、ちょっと目を離したら何か沼にはまっているという、注意力散漫な生き物なのだ。

自然淘汰されて当たり前だ。

しかし今回「活撃 刀剣乱舞」で危惧されている「死」は「推しキャラの死」である。

前回の花丸はぬるいアニメであった。しかし「誰も死なない、自分を傷つけるものが何も出てこない」というのは、ナイーヴな中年にとって何よりありがたいことなのである。

しかし今回の「活撃 刀剣乱舞」は、制作会社からして「死人が出ない方がおかしい」と目されている。

ゲーム「刀剣乱舞」を知らない、竪穴式住居在住の民に説明すると、ゲーム中には「破壊」というシステムがある。「破壊」になった刀は、もう二度と戻ってこない。つまり死である。

この破壊描写が「活撃 刀剣乱舞」では起こるのではないか、と言われているのだ。

つまり、「長谷部が破壊されたらどうする？」という話である（カクレウオとナマコのアナルでルームシェアしているお前らにも教えてやるが刀剣乱舞のキャラ「へし切長谷部」だ）。

そんなのこっちが聞きたい。どうしたらいいのだ。

とりあえず予想としては「自我の崩壊」だろう。オッズは「0・9」だ。本命すぎて当てても何も返ってこない。むしろ取られる。

思えば、今までのオタク人生「推しが死んだ」という経験がないような気がする。推しキャラが必ず作中で死ぬという、根っからの未亡人オタクもいるが、私は幸い今まで死別したことがない。

話が変わるが、ごくたまに今放送されているガンダムを見る（現在は放送終了）。日曜だけテレビの部屋で夕食をとることが多いので、その時テレビをつけて、やっていたら見る、ぐらいの感じだ。

ある日など、テレビをつけたらいきなり、イケメンと女性キャラがソファーでイチャついていたので「もしかして神アニメを見逃していたのか？」という気になったが、ガンダムである。毎回そういうノリではないだろう。

そうなにせガンダムなのだ。ガンダムが戦うし、人がよく死ぬのである。毎回見ているわけでもないのに、見るたびに結構誰かが死んでいるのだ。

そのたびに「このキャラのファンは明日からどうするのだろう」と思う。大きなのっぽの古時計みたいに、一緒に天国に昇るのだろうか。

しかし、何度も言うがガンダムだ。見る側は常に「今日、推しが死ぬかもしれない」という覚悟で見ているだろうし、喪服、もしくは白装束で視聴している者もいるかもしれない。

それは「活撃 刀剣乱舞」にも言えることだ。これだけ「破壊があるかも」と言われているのだから、全キャラのファンが「推しが死ぬかも」と覚悟しているはずだ。山伏国弘クラスタだって覚悟している。

山伏が折れるような世界など滅んでしまえと思わなくもないが、それでも一応全員覚悟しているはずだ。

覚悟しているのとしていないのとでは、ダメージが違う。

人体とは不思議なもので、不意打ちで刺されると即死してしまうが、刺されるとわかった上で刺されると、とりあえず一命を取りとめ、長く苦しんで死ぬことができる。

だからすでに、推しが死ぬこと前提で「せめて物語上、意味ある死にしてくれ」と願っている未亡人もいるだろう。

つまり我々が真に心配すべきなのは、すでに続編が決まっている「花丸」の方なのだ。多分、視聴者全員、花丸では誰も死なないと思っている。そんな油断とぬるま湯の中、誰かが死んだら、あとはお察しである。

つまり、今年7月はおろか、来年1月まで全く気が抜けない。担当の質問などに答えている暇などないのだが、一応今回のテーマは「夫に惚れ直す時」だ。

惚れ直すとは違うかもしれないが、付き合っている時は、どうしても相手を「ときめき」や「おもしろさ」重視で見てしまうが、結婚したら、おもしろ無職や、ときめきモラハラ野郎では困る。

夫は「彼氏力」より「夫力」のある方なので、夫になってから気づく良さがたくさんあった。

それと、最近、夫がカーディガンを着ていたのだが、それがすごく似合っていた。

夫と一緒にやりたいことがあった

前回のコラムでついに担当から「もう少し夫のことを書け」と難癖がついた。

つまりもっと長谷部（ムスカにゴミのようと形容されたうちの一人であるお前にも教えてやるが、ゲーム刀剣乱舞のへし切長谷部のことである）のことを書けということかと思ったが、長谷部はどちらかというと「嫁」なので夫の話とは違う気もしないでもない。

つまりリアルな方の夫（大体の人にはリアルしかいないと思うが）の話をしろということだろう。


しかし、それどころではない。

オタクにはよく「現実どころではない騒ぎ」が起きる。生き様が波瀾万丈なのだ。

FGOに土方さんが来てしまったのである。

土方さんがわからない奴は、今すぐ武士道不覚悟で腹を切れ。新撰組の土方歳三のことだ。

私は歴史上の人物の中では土方さんが一番好きだ。

ここで断っておくが、私は歴史にも史実上の新撰組にもそれほど詳しくない。ただ単に、歴史創作で土方さんは大抵カッコよく描かれているので好き、という典型的かつからっぽな頭に夢つめこんでいるCHA-LA HEAD-CHA-LAオタクである。

　一言で言えばミーハーであり、ホンモノの歴史ファン新撰組ファンからすれば苦々しい存在だろうが、こういう奴ほど金を落として歴史業界が潤ったりもするので、痛し痒し臭しキモし、という気持ちで許してほしい。


　その土方さんがＦＧＯに来てしまったのである。

　歴史上の人物がゲームのキャラクターになるのは珍しいことではない。「三國無双」や「戦国ＢＡＳＡＲＡ」もそうだ。乙女ゲーとて例外ではない。「武将と付き合ったことないやつはモグリ」と言われるぐらい、歴史キャラものは人気だ。

　しかし、ＦＧＯは、そんな歴史キャラたちが女体化して出てくることが多い。織田信長も宮本武蔵も女だ。「父上」と呼ばれているキャラが思いっきり巨乳なこともある。

　そして沖田総司も女だ。つまり土方さんも女性キャラとして出てくる可能性はあった。もし土方さんが女として出てきたら、私は文句を言っただろうか、いや違う。

「助かった」

その一言しか出てこない。

土方さんが、女、女であったなら、回さずに済んだのだ、ガチャを。

しかし、土方さんは男キャラとして出てきた。しかもかなり土方歳三土方歳三した土方歳三として出てきた。

回すしかないのである、経済を。

ここから先の記憶はない。

わかっているのは、土方さんガチャは終わり、うちに土方さんはいない、ということだけだ。

私は年始の「坂田金時ガチャ」で5万溶かして出ず、たいそうショックだった話を今でもしているのだが、土方さんガチャが終わって気づいた。

「その話ができるということは、本当に傷ついてなどいない」

叫び声が上げられるのは元気だからなのだ。「爆死しました」などとスクショをツイッターに上げられるのは、余裕なのだ。

今回のガチャは、回せば回すほど私は無口になった。口数どころか呼吸数が減ったし、最終的に心臓の躍動感がゼロになった。つまり、すごく静かに死んだ。

これが生き物の死だ、と感じた。断末魔を上げて死ぬなんて芸にしか過ぎぬ。リアルじゃない男のために、すごくリアルな死を感じた。

「クソ運営」

そう言えたなら楽だろう。だが私はそれが言えない。全てが私の、愛、そして金が至らなかった結果としか思えないのだ。それが何よりつらい。

「こんなに好きなのに……」

なぜ手に入らないのだろう。まるで恋愛のようだ。

しかし、私はリアルな恋愛でもこんな思いはしたことがない。30を過ぎて、10代の時ですら体験できなかった恋愛の痛み、疼きを味わわせてもらえるなんて、やはり二次元は最高であり、ソシャゲ、ガチャには感謝、圧倒的感謝しかない。みんなやろう。

ちなみに土方さんの御霊に捧げた奉納金は、具体的には書けないが、ソシャゲ専用口座には10万ほど振り込んでおいた。

とだけ記しておこう。


本当にそれどころではないのだが今回のテーマは「夫と一緒にしたいこと」だ。

社交ダンスがしたい。

別に土方さんが出なくてヤケクソになっているわけではない。本当にヤケクソなら「セックス」とかもっと適当なことを言う。


私は踊るのが好きだ。踊ったことはないが、好きなような気がするのだ。

いつか、踊りを習いたいと思ってはいるのだが、習い事というのは新しいコミュニティに飛び込むということだ。今はそのガッツがない。

社交ダンス社交抜きなら今からでも習いたいが、多分ないだろう。


よって、誰もいない部屋で自己流ロボットダンスをするしかないのだが、誰かと一緒ならまだ習い事も始めやすい気がする。

それに、会話がないため一緒にいても全然間がもたない我々だが、さすがに踊っていたら間がもつ気がするのだ。

もちろん、夫は生まれてから一度も「踊ろう」などと思ったことがなさそうなタイプなので、今誘っても断られるだろうから「老後ワンチャン」といったところだ。

社交ダンスが恥ずかしいなら、2人でロボットダンスでもいい。ともかく、2人で何かやれることがあったらいいとは思ってはいるのだ。2人とも仕事ばかりしているので、退役したらダブルボケの恐れがある。ロボットダンスはきっと脳にいい。

ところで、長谷部は「嫁」という感じだが土方さんは「夫」という感じがする。よって次から夫の話をしろと言われたら土方さんの話をしようと思う。

夫、激おこ

みなさん、地雷はあるだろうか。

答えなくていい、聞いてない、それ以上しゃべるな。

本来の意味は、地面に埋まっていて踏んだら爆発する兵器のことだが、平和ボケ日本では、オタク用語として使われていることが多い。

意味としては「許せないもの」だ。

食い物に好き嫌いがあるように、趣味嗜好、性癖にもそれがある。しかし食い物だったらわかりやすいが、オタクのそれは時として複雑なのである。

「幽☆遊☆白書」の仙水が言うところの「俺は、あのキャラもこのキャラも、そのカップリングも（以下12時間ほどカプ語りが続く）好きなんだよ。嫌いなのはその逆カプだけなんだ」という話である。

多くの人間が、知るかボケ、と思っただろう。その通りである。

しかし、いらぬ戦争を起こさぬために、刀剣男士がずっと無言で壁を見つめているという話でなければ「腐現パロ転生オリキャラ死ネタ年齢操作メリバ注意」など、俺の畑にはこういう地雷が埋まってっから、踏みたくない奴は入ってくんな、という注意書きがしてあるものである。

そういう有刺鉄線をくぐっておいて、地雷を踏んで文句を言うのはおかしいが、何の断りもなく、18禁ふたなりリョナ創作を小学校のグラウンドに埋めるような行為も良くない。

このように意外とオタクはフルメタル・ジャケットの機関銃士ぐらい戦争が好きなところがあるので、あまり刺激しない方がよい。

しかし、そういう注意喚起では回避できない地雷を抱えてしまった人の話を聞いたことがある。

「刀剣乱舞」に薬研藤四郎というキャラがいる。

見た目はまだ少年だが、その頼りがいのある性格から「薬研ニキ」という愛称で親しまれているキャラだ。

しかし、話に聞いたその人は、薬研を愛するあまり「薬研ニキ」という呼び方が許せなくなってしまったのだという。

なんとなくわかる。

オタクには、好きなキャラが絡んでいれば何でもいい、もう静脈に直接そのキャラを注入したいというタイプと、愛すれば愛するほど受けつけられるものが減るというタイプがいる。つまりOS－1以外は吐く、という状態だ。

しかし、薬研ニキという呼び方についてまで注意を出す奴はいないだろう。創作で用いられる呼び方ではなく、ファンが日常的に使う言葉である。

ツイッターで「今から薬研ニキと言います」とワンクッションおいてる奴は見たことないし、すでにもう言ってしまっている。

それが地雷になってしまったら、もう刀剣界隈自体に近づけなくなるのではないだろうか。

このように地雷というのは、思いもよらないものが思いもよらないところに埋まっている。だから今日もどこかで火の手が上がっているのだ。

それで今回のテーマだが、前置きと関係があって申し訳ないが「夫が怒ったこと」だ。

先日まさに夫の地雷を踏んだのである。

私は平素、家にいるときは大体2階にある自分の仕事部屋に閉じこもっており、扉は閉めている。そして中では大体映画「八甲田山」を結構な音量で流している。

よって、階下からの夫の呼びかけが聞こえず、返事をしないことが多々あった。それに対し、夫は前々から苦言を呈していた。

そして、ついに激おこしたのである。

返事をしない私にブチ切れ、家を出て、怒りのＬＩＮＥを送ってきた。いつもの夫らしからぬ強い語気であり「呆れた」とすら書かれていた。

私には今まで２兆個くらい呆れる点があったはずだが、まさかこんなところで言われるとは思わなかった。

便所をキレイに使え、腐ったものを弁当に入れるなと言われたら、こちらは申し開きできないが、これに関しては言い分がある。マジで聞こえなかったんだから仕方ないだろう、聞こえないものに対し返事している人間の方がやべえじゃねえかと。

そう反論しようとして私は思いとどまった。

もし、大して親しくない人間と話をしていたとして、こちらが「薬研ニキ」と発言するや否や出ていき「薬研ニキって呼び方地雷なんですけど」とＬＩＮＥしてきたら、「知るかボケ」と言うだろう。だが、相手は家族である。

それが俺は許せねえ、傷ついたと言うなら、君は返事をしないのが許せないフレンズなんだね、と理解することが大事なのではないか。前々から夫が不機嫌になっていたのに、気づけなかった自分の落ち度ではないかと。

というわけで、わざとではないのだ、という点だけ釈明し、あとはひたすらＬＩＮＥで謝った。しかし返事がない。

なるほど、返事がないというのは嫌なものである。

それに普段怒らない人が怒るというのは怖い。帰ってくるなり「これは腐った弁当のぶん！」と今までの悪行の制裁を全部食らうかもしれない。

ひとしきり悪い想像をしたあと夫が帰ってきたので、とりあえず謝った。すると夫は「いや、俺ももう少し大きな声で言えば良かった」と言った。

どうやら夫は怒りが長続きしないフレンズのようだ。

オタクの地雷は踏まないに越したことはないが、夫婦の地雷はたまに踏むことにより相互理解があるのかもしれない。

夢豚の
二次元婿探し

で、結局、お前は刀剣男士の中で結婚するなら誰なわけ？

答えなくていい。

聞いてないからじゃない、すぐ答えられる問いではないとわかっているからだ。3日……1週間、よし1ヶ月後にまたこのバーで会おう。

まず刀剣男士が何なのかわからないという、ジャングルでゴリラに育てられた者に説明すると、ブラウザゲーム「刀剣乱舞」に出てくる、刀をイケメンに擬人化した二次元キャラクターたちのことだ。

説明された上で、二次元キャラと結婚するなら、という質問の意味がわからん、という者は故郷へ帰れ、この仕事には向いていない。

そんなの考えるまでもなく一番好きなキャラだろうと思われるかもしれない。私で言ったら長谷部である（一応、北京原人とアウストラロピテクスのハーフにも説明しとくが、刀剣男士のうちの一人だ）。

それが意外と違うのだ。もちろん一番好きなキャラと結婚したいキャラが同じ者もいるが、リアル世界でも、付き合う男と結婚する男は別、というしゃらくさいことを言う女がいるだろう。二次元も同じだ。

結婚相手だけじゃない。彼氏にしたい男士、弟にしたい男士、兄にしたい男士、他人にしておくのが一番な男士、全員別の名前をあげるオタクだって珍しくない。

よって長考が必要なのだ。ある意味リアル結婚相手を選ぶ時より悩む。あらゆるシチュエーションと可能性を考慮して答えを出さなければいけないのだ。何せ結婚だ、一生の問題である。

ちなみに現在、まず長谷部との結婚を考えて「え、恥ずかしい、照れる、無理」となっている。早くも本気汁だ。

しかし長谷部と結婚するにしてもまず「どの長谷部か」にもよる。長谷部に種類があるのかと思われるかもしれないが、本丸（プレイヤー）の数だけ長谷部はいるのだ。つまり少なくとも長谷部は100万種類ぐらいある。もちろん正確な答えを出すには100万種類の長谷部と100万回結婚する必要があるので、もう少し時間がかかりそうだ。

よって、まず長谷部以外の男士を考えてみよう。結婚するなら例えば、燭台切光忠はどうだろうか。

もちろん燭台切も100万種類いるが、一人一人と100万回結婚していたら私の人生が若干足らないので、申し訳ないが今回は私個人のイメージで語らせてもらう。

燭台切が夫、素敵だ。もうその時点でタワマンの最上階に住んでそうだし、奥様方のマウンティングにも圧倒的勝利だ。

しかし忘れてはならないのが、燭台切と結婚しているのが自分という点だ。

今「自分が燭台切と結婚してる!?」と腰を抜かして心肺停止した。つくづくオタクの生活は心臓が止まりやすいし、たまに内臓が全部爆発する。

このように、途中で命を落とすことが多い夢豚の婿探しだが、理想の夫を見つけるためだ。全身をチューブだらけにしてぐっと耐えよう。

燭台切は、数十種類しかないゲーム内での台詞でもわかる通り、きちんとしたタイプであり、特に身だしなみには気を配っている。おそらく相手にもそれを求めるだろう。家にいる時も化粧をしてほしいと思っているタイプかもしれない。

あかん（あかん）。

この結婚は不幸だ。お互い不幸になる。もう少し、細かいことは気にしないタイプの方が上手くいく気がする。だとしたら山伏国弘はどうだろうか。家が燃えていても笑い飛ばしてくれそうだし、瓶の蓋が開かなかったら、瓶側を握りつぶしてくれそうだ。実におおらかで頼りがいのある夫である。

しかしダメだ。

彼は超アウトドア派である。

インドア派とアウトドア派の結婚と書いて「不幸」と読む場合もあるのだ。「全然気の合わない夫だが、アウトドアに興味がない点だけは本当に良かった」という女が結構いるぐらいである。

このようにメチャクチャマジで熟考してしまうのだ。しかし熟考しすぎると大体「私と結婚するような男士は私の好きな男士じゃない」という結論に達するので、自分の性格を考慮するのはいいが、スペックまでは視野に入れないのがコツである。

二次元に全く興味のない人間でも、例えば「嵐と結婚するなら誰」と聞かれたら、結構真面目に考えてしまうだろう。「彼氏は松潤、旦那はリーダー、ニノは……ニノは何だ！！？？」と虚空を見つめたまま1ヶ月経つこともあるはずだ。

しかしこういった空想をハナから「嵐がお前と結婚するはずないじゃん」と否定どころか嘲笑するものがいる。

「知ってる」

特にこっちは相手が画面から出てこないので、ワンチャンすらない。

話は変わるが「一休さん」に刀剣乱舞の画面を見せて「この中の長谷部を捕らえてみせよ」と震え声で言って「では殿様、まず長谷部を画面から出してください」と返されたら、即首をはねる。あの殿様は寛大だ。

だが、たとえ人の首をはねて殺しても唯一罪にならないのが脳内なのだ。そんな場所が与えられているのに、現実でしか許されないこと、起こらないことしか考えないというのは逆に何のために脳が、脳内があるのか。

もっと考えようぜ、絵空事をよ！

というわけで今回のテーマは「結婚式の思い出」だ。

二次元の男に関する絵空事は4歳の頃からしていた私だが、「アイドルになる」とか自分にスポットライトが当たる系の妄想はしたことがない。よって自分の結婚式など夢想したことなど一度もなかった。

しかし、実際結婚式はした。

当初しない予定だったが、親に「した方が良いのでは」と言われ、確固たるしたくない意思もなかったので、したのだ。

だが、夫も私も意思がなかったため、結婚式は「これがしたい」というより「キスはしたくない」「親への手紙はしたくない」「余興はしてくれる友人がいないのでできない」など、私のしたくないことから消去法でプログラムが組まれていった。

そして夫は私以上に無意思であった。

夫の唯一の希望は最後にＳＭＡＰの「世界に一つだけの花」を流したいというものだった。

なんて素直な人なんだろうと思った。

私のような、自分の存在がマイナーな人間は、メジャーなものを良い悪い関係なく「メジャーだから」という理由で避けてしまったりするものなのだ。

思えば、夫は、ジャンプ・サンデー・マガジンを購読し、「進撃の巨人」を集めている世界で一番私の漫画に用がないタイプである。

もし夫が「ジャンプで描かないの？」や「『ワンピース』みたいな漫画描いたら？」とか言い出したら、この結婚は不幸な結果に終わっただろう。

結局、超インドア派とアウトドア派、家でもきちんと派と、家ではゴリラ派、が結婚しても、お互いにそれを強要しなければ、少なくとも不幸は起きないのかもしれない。

新婚旅行の いいところ

課金が捗らない。

良いことじゃないかと思った奴は、病人への配慮が足りない。

これは「食欲が湧かない」「眠れない」と同列の状態である。

ＦＧＯの土方さんガチャが、土方さんを手に入れることなく終わってしまった時点で、私は急速にＦＧＯをやらなくなってしまった。ガチャを回したところで土方さんは出ないからだ。

「そうか、君はもう、出ないのか」と、妻に先立たれたジジイみたいな顔でこの1、２ヶ月を過ごした。

よって、今年の課金額は、４月までで累計25万という好調なスタートだったのに、急激に失速。５月はほぼ無課金という体たらくである。

確かに金は減らない。しかし、暇なのだ。

仕事や、やらなければいけないことはクソほどある。しかしやることがあろうがなかろうが、楽しみのない人生は暇なのである。

「虚しさはオタクを殺す」

世の中には、何かに熱中している人に対し、一生懸命水を差そうとする輩がいる。ソシャカスに対してなら、「それ集めて何になるの、JPEGじゃん」とか「課金額でベンツ買えるし」とかだ。

言った相手は、上手いこと言ってやったと思っているかもしれないが、正直それでダメージを受けるオタクなんていないのだ。

JPEGに金を出しているわけではない。たまたま推しがJPEGに描かれていただけなのだ。

気になるとしたら「長谷部（言い忘れると思ったか、バカめ。刀剣乱舞のへし切長谷部のことだ）、この圧縮形式で推しが苦しくない？　PNGの方が良くない？」という点のみだ。

それにベンツなんて欲しくない。もし今までの課金額が全額返ってきて、それがベンツを買える金額だったとしても買わない。じゃあ何をするかというと、同じ額だけガチャを回す。

何度生まれ変わっても君を愛する。一億と二〇〇〇年前から愛している。そのぐらいの気持ちでガチャを回しているのだ。

つまり、他人に言われて「あっこれＪＰＥＧじゃん」と気づくこともないし、それで虚しくなったりもしないのだ。

自分は、ガチャを回したり、それで推しが出た時の絶頂感を知っているが、こいつはそんな私を笑うことしか楽しみがないんだなと思うと、かわいそうなのでどうぞ笑ってくれと思う。ただガチャに散財する姿ではなく、単純に顔がおもしろいという理由なら笑うな。人にはやっていいことと悪いことがある。

他人にどう言われても関係ない。一番つらいのは、自分で疲れや虚しさを感じてしまう時だ。

推しを出すために働いているのに一向に出ない、公式の動きに一喜一憂、キャラの解釈に悩み、自ジャンルの炎上や学級会に心を痛める。

そんな日々を送り続けると、ある日「疲れた……」となるのである。

アレだけ良くも悪くも、心を揺さぶられ続けていたものに、感動がなくなるというのはとてもつらいことである。まさしく死だ。

そんな時は、睡眠薬をたくさん飲む前に、一度そこから離れてみたらいいかもしれない。漫画やゲーム、インターネットすらからも。

というわけで今回は「新婚旅行の思い出」である。

全然関係ない、と思うのは早計だ。新婚旅行はハワイに行ったのだが、マジで1週間、漫画やゲーム、ネットと離れたからである。

1週間2人で旅行してみてわかったことは、2人ともそんなに旅行に向いていない、という点である。

結婚式の時もそうだったが2人とも「これがしたい」というのが特になく「相手がしたいことに付き合う」というスタンスなのだ。

2人がこれだと、ハワイで永遠に棒立ちだし「どうする？　どうする？」と言っている間に段々イライラしてくる。

まだハワイなら、観光地だし、旅行会社がいろんなツアーをやっているので、それについていけばやることがない、ということはない。

しかし、旅行先が、すごく見どころがあるというわけじゃない、という場所だったら悲惨だ。到着3秒で「で、どうする？」となる。

老後の夫婦の趣味は模索中（第1候補社交ダンス）だが、旅行は除外されそうだ。するとしたら、することを見つけなくても、5秒ごとに何か起こりそうな、マッドマックスみたいな世界観の場所を選んで行くしかない。けれど老体にそれは厳しいかもしれないので、間を取って「老後はとりあえず車をジープに替える」を、老後の楽しみリストに追記しておきたい。


新婚旅行自体に関しては、旅行会社が組んでくれたスケジュールに盲従という形で割と楽しく過ごした。

しかし私が、帰国後はじめてしたことは、「ツイッターでエゴサ」である。

1週間ぶりのエゴサは、割と冷たくて入れなかったハワイの海より楽しかった。

何事も、疲れたら、離れてみるといいだろう。

そしたら、前よりも新鮮に楽しめるものだ。

オタクの想像力にも限界はあるのだ

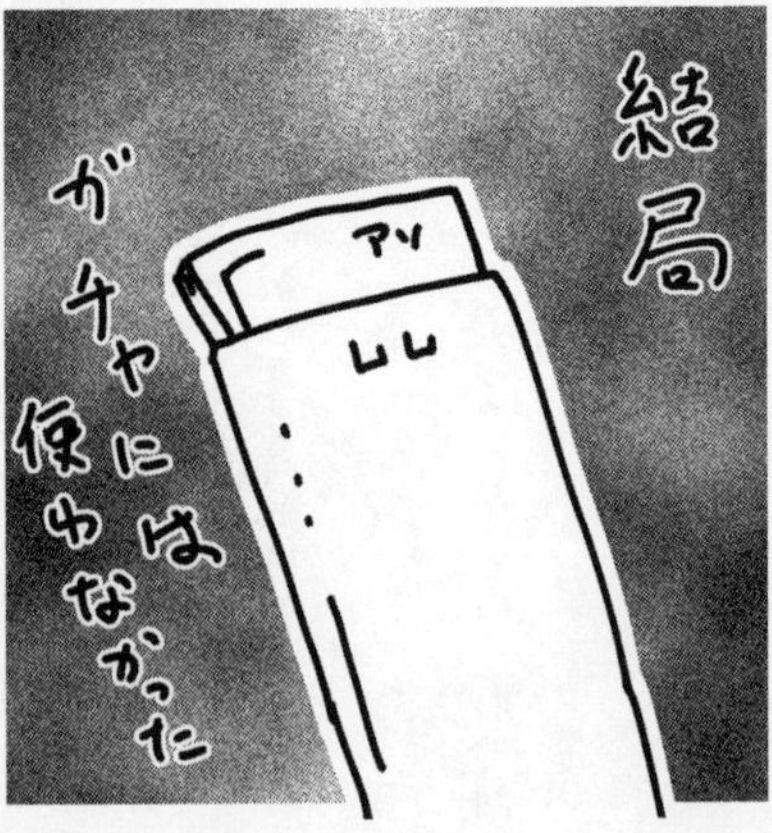

このコラムは、年始に5万使って出なかったFGOの坂田金時ガチャが再度開催される前日に書かれている。

その結果により、貴様がこれを読んでいる頃、私はもうこの世に存在しないかもしれない。

オタクというのはつくづく、死ぬチャンスに恵まれている。

まず「萌え」というもの自体が体に悪いのだ。何故体に悪いかというと、シャブが体に悪いのと同じ理屈である。特に幻覚をよく見るところが似ている。

強い快感があるが、その代償も大きいのだ。

まるでシャブをやった経験があるような言い方だが、あれだけ全てを犠牲にしてやっちゃう人が跡を絶たないのだから、相当いいのだろう。

そう、私もやっちまうのだ。全てを犠牲にしてガチャを。

冒頭言った通り、私は年始に坂田金時ガチャで5万溶かし全治3ヶ月の重傷を負った。そして退院したと同時に、同じくFGOに、歴史上の人物で最推しの土方歳三が登場し、2桁万円ほど溶かして、その足で病院に戻った。

その後、医者に「もう戻ってくるなよ」と看守みたいなことを言われながら、病院の門をくぐった瞬間、坂田金時ガチャが始まったのである。

もはや貴様は一生病室の天井のシミを眺めていろと言われているような気がしてならない。確かに私ほどの萌え豚になると、シミを擬人化して楽しむぐらい造作もないが、金太郎のモデルや、新撰組副長を手に入れようとした結果、天井のシミと恋をしているというのは「末路」という言葉にすら収まらないような気がする。

それにガチャで推しが手に入らないというのは、ただ大金を失った、という問題ではないのである。アイデンティティが崩壊するのだ。

全てを犠牲にしてガチャを回してしまうなどと言ったが、失ったのは、たかだかではないが数十万の金のみである。

かたや、おクスリで捕まったあのタレントさんや女優さんを見てみろ。もっと全てを失ってらっしゃるではないか。

信じられないことにガチャは今のところ合法なので、逮捕までいくのは難しいかもしれない。しかし、貯金を使い果たすのはもちろん、カードは全て限度額一杯のリボ払い、メルカリで現金を買い、闇金にすら「あなたの名義では貸せません」と敬語で言われ、いらない臓器を2、3個売っている、ぐらいのところまではいけるはずだ。

いらない臓器があるかはわからないが、アイドルグループに一人2人「あれブサイクじゃね？」というのが交ざっている要領で、内臓にも「これいらなくね？」みたいなのが一つや2つあっても何ら不思議ではない。

つまり、金時や土方さんを出すのに、まだやれることは山ほどあったのだ。では何故ベストを尽くさなかったのか。そう自問自答すると、いつも同じ答えにたどり着く。


愛が足りないんじゃないか、と。


所詮、私の、金時や土方さんへの愛など、その程度のものなのかという話になってしまうのである。オタク、そして、金時・土方クラスタというアイデンティティの崩壊である。

そんなことはない。本当に好きなのだ。ただ金がなく、GUK（ガチャ運クソすぎ）なだけで、気持ちはホンモノなのだと己と天井のシミに言い聞かせてはいるが、そんな時、腹部に謎の手術痕を持った人間が「金時出せたよ、まあ自分もいろいろここから出しちゃったけどね」と上手くもなんともないことを言いながら現れたとする。

そして「金時持ってないの？　え？　内臓全部そろってるの？　それで諦めたの？　え？　え？　本当に好きなの？」と言われたら、シーツを握りしめて号泣し「私は……金時クラスタじゃありません！」と言うしかないのである。

失うのは金だけではない。自分、そして愛を失うのだ。

しかし、最初に書いたが、まだこれを書いているのは回す前だ。出ないと決まったわけではない。

そして、ここに、10万円の現金がある。

この10万円は祖母にもらったものだ。祖母は今年88歳。ここ最近めっきり弱ってしまい、寝てる時間が増えたという。

元々、よく働き、よくしゃべる祖母だったので、正直その姿はショックである。しかし、年だし、俺の気分が暗くなるから元気でいろと言うわけにもいかない。つまり仕方のないことである。

そんな祖母が、私のコラムが新聞に載った（単発仕事で書評を書かせてもらった）お祝いだと、この10万円をくれたのだ。まさかこんなに入っているとは思わず驚いた。

子供の頃、ボットン便所にたまった肥《こえ》を畑に運ぶ祖母の手伝いをして、1000円もらっていた。その100倍の金をウンコの1個も運んでない自分にくれたのは、新聞に載った祝いの他に、何か思うところがあったのでは、と思った。

つまり、これでガチャを回すか否かである。

祖母がどういった気持ちでこの金をくれたのか、考えれば考えるほど「金時を出せ」以外思い浮かばないのだが、問題は出なかった時である。

出たら、全米が泣く美談だが、出なかった時、どうしたらいいか皆目見当もつかない。

作家という想像力が命の仕事をしている身で情けないが「切腹」以外思い浮かばないのである。

金時と土方さんが出せなかった時、彼らに申し訳ない気持ちでいっぱいだったが、さらにババアにまで詫びなければいけないというのはつらすぎないか。

やはり、この金をガチャに使うことはできない。

金時、不甲斐ないマスターを、ババア、情けない孫を許してほしい。

今回のテーマは「一緒に暮らし始めた日」である。

正直覚えていない。覚えてないが、新婚であり、はじめて実家を出たのだから、やはり浮ついていたことは記憶している。

しかし浮ついているぐらいでいいのだ。ババア殿を見て思ったが、家族とはいつか死に別れる。それは夫ともだ。それはとても悲しいことだが、結婚する時にはあまりに先すぎて、想像できない。というか、浮ついてるからそんな日は来ないようにすら思えるし、今でも想像できない。

むしろそう思えず、リアルに死別の日が想像できたら、私は結婚なんてできなかったと思う。

だがそこまで想像力が至らなかったおかげで「結婚」できたのだ。思慮が浅いというのも悪いことばかりではないのかもしれない。

三次元の男に スイートなことを 言われたくない

悪いが金時を出してしまった。

というわけで前回の記事は白装束で砂利に正座して書いたが、今は全裸に毛皮を羽織り、レッドカーペット上で女豹のポーズをしながら書いている。

ちなみに課金額は約1万5000円。つまり実質タダで出た上に、ババアにもらった10万円にも手をつけずに済んだ。完全勝利である。

金時が出た瞬間、母親の股間から顔を出した時より感動したし、冗談ではなく人生で一番嬉しかった。ちなみに同率1位が刀剣乱舞の三日月宗近が出た時で、2位が長曽祢虎徹が出た時だ。

これは私の人生に喜びが少ないからというわけではない。仮に私が豊臣秀吉だったとしても「全国統一した時より嬉しかったっすね！」とインタビュアーに答えるだろう。

ゲーム内で何か成し遂げることに何の意味があるのか、ましてガチャなんて完全に運であり、成し遂げた、とすら言えないではないかと思われるかもしれない。

だが、それは違う。私はガチャに金を使っているのだ。そしてその金をどうやって手に入れているかというと労働である。

労働で得たもの、つまりそれは努力の結晶である。私だけではない、多くの人間が努力の結晶を使ってガチャを回しているのだ。


つまり「ガチャを回す」というのは「これ以上ない努力」なのである。

さらに金時を手に入れるまでには時間もかかった。出会ってから約1年でやっと手に入ったのである。


「1年努力し続けたものが手に入った」のだ。これが嬉しくなかったら、もう何も嬉しくないだろう。

金は努力の結晶だし、時間は二度と戻らない有限なものだ。その2つをかけて得たものは何であろうと尊いに決まっている。

もし金時を出して泣いている私を見て笑う奴がいたら、中島みゆきの「ファイト!」をお返ししてやる。「戦う人たちをフフフフンガフフフフフーン♪」だ。今のはジャスラック対策だ。歌詞は各自ググってほしい。

こうして1年の努力の末、私は金時を手に入れた。これはこれでハッピーエンドである。だが、まだ終わっていないもの、「努力中」のものがある。

そう土方さんだ。

諦めるわけにはいかない。努力というのは続けるから意味があるのだ、つまり「ガチャを回し続ける」というのは「継続は力なり」という意味もあるのである。

金時が出たから土方さんはいいや、とはもちろんならない。肝臓が心臓の代わりにならないのと同じだ。どっちもなければ「死」だ。

私は歴史上の人物で土方歳三が一番好きなわけだが、土方歳三というキャラならなんでもいいわけではない。もちろん土方歳三というだけで、5億割増しで好感度が上がるが、逆に「土方さんの名前を使うなら雑なキャラデザはしないでくれ」というモンスターヒジカタペアレント的思いもある。その中でもFGOの土方さんは特にいい。

新撰組は女子ファンも多いので、乙女ゲーにもよく出るのだが、当然目的はプレイヤーとの恋愛なので、土方さんも鬼の副長という設定ながらも女子向けのスイートなキャラデザで出てくる。

片や、FGOはもちろん乙女ゲーではないので、土方さんもイケメンではあるが女子向けというわけでもなく、性格ともどもかなり男っぽいのである。

それがいいのだ。これは、恋愛漫画より、少年漫画に薄く描かれる恋愛要素の方に爆萌えするのと同じ理屈である。


つまり今回のテーマは「夫が言う私の好きなところ」である。


ない。

照れているわけではない、本当に一度たりとも言われたことがないのだ。

あるけど言わないのか、本当にないのか、わからないが、今更「私のどこが好き？」など面倒くさい彼女みたいな質問はできないので、真相は永遠に闇の中である。

どこかしら好きなところがないと結婚しないと思うだろうが、付き合う時だって「別に好きではないが嫌いではないし、付き合ってるうちに好きになるかも」という希望的観測で付き合うこともある。

それに「嫌い」は別れる理由になるが「好きなところが特にない」は別れる理由にはならない場合があるのだ。

それに私は三次元の男にスイートなことを言われるのは苦手だ。

スイートなことは二次元の男に言ってほしいし、それも私相手ではなく、かわいいヒロインに言ってほしい。そして私は壁のシミか、側溝のフタになってそれを見たい。

心にもない甘いことを言われるより、毎日、おはよう、おかえり、ありがとう、など普通のことを言ってくれる方がありがたいのだ。

ディズニーランドに行くなら夫と一緒に☆

始まってしまったな「活撃刀剣乱舞」。

始まったと同時に俺が終わるのではと危惧されていたが、めでたいことに2話見た時点でキャラが誰も死んでいないので、残念ながら俺も死んでいない。

あと長谷部がまだ出てない（自分の名前すら3時間ごとに忘れるお前らに教えてやるが刀剣乱舞のキャラクターへし切長谷部だ）。

それにしても、同じゲームを題材にしているのに、花丸とは全く違う。

単話日常コメディと、シリアスストーリーものなので、違うのは当たり前だが、ギャグとかシリアスとか抜きにして、刀剣男士、性格自体に差異がある。

まず1話目が放送された時点で、兼さんこと和泉守兼定について「兼さんが大卒だ」と我がTLが騒然としていた。つまり活撃の兼さんはかしこなのである。

それに対し「おいおい、兼さんは最初から大卒だっただろ、何だったら院まで行ってる」という感想を抱いた者もいるだろう。しかし「最終学歴小学5年」だと思っていた者にとっては衝撃だったのだ。

もちろん、どっちの兼さんが正しいというわけではない、あくまで活撃の兼さんが大卒だったただけで、小学3年を3留している兼さんがいる本丸だってあるのだ。

とうらぶの良いところは、本丸（プレイヤー）の数だけ刀がいるので、花丸や活撃などの公式内ですら、何が起こっても「よそはよそ、うちはうち」というオカンスピリットで乗り切れるという点である。

しかし、花丸と活撃が違うのは描かれ方や内容だけではない、見る方の佇まいも全然違うのだ。

私がどのように活撃を見ているかというと、一言で言うと「静か」である。

もちろん、シラけているわけではない。微動だにせず呑んでいるのだ、固唾を。

花丸の場合は、OPに長谷部が出てきた時点で一時停止し、30回ぐらい起立と着席を繰り返していたが、活撃はそんなことをしている間に何が起こるかわからない。静かに、そして覚悟しながら見なければいけない。

思えば、花丸はアイドルのコンサートみたいなものだった。ひたすら壇上で歌い踊る推しが見られたので、こちらも安心して騒げたのだ。

片や、活撃は推しアイドルが出演している、世界滅亡系映画を鑑賞しているような気分だ。

推しが劇中で死ぬかもしれない、むしろ死なない可能性の方が低い気すらする。死なないにしてもヒドイ目に遭うかもしれないし、それを見てこっちも終わってしまうかもしれない。

だが、見ないわけにはいかない。何故なら推しが出ているからだ。

それを考えると、安心して見られるはずだった場で、推しアイドルに結婚宣言されたファンはどんな気分だったのだろう。前にも言ったが「花丸で推しが折れた」ぐらいの衝撃だったただろう。想像を超えている。


想像だとしても、推しが折れるのはつらいことだ。しかし見なければいけないのだ。何故なら長谷部がこれから出るのだから。

むしろ出ない方がこっちは終わってしまう。


というわけで今回のテーマは「夫とデートするなら」である。

そもそも私が外出嫌いで、家族といえど人と長時間行動を共にするのが苦手なのである。

よって今夫とデートするなら、5分ごとに集合と解散を繰り返すのが好ましい。

重いつわりでも、食べ物を小刻みに食べると気持ち悪くならない、という「美味しんぼ」

から得た知識の応用である。もちろん間に3時間の自由時間を挟む。

実際、付き合っていた頃、週1で一日一緒にいた時より、一緒に暮らしながらも毎日5分ぐらいしか顔を合わせない今の方が格段に夫にイライラすることはなくなった。夫が悪いわけではなく、長い間、人と行動を共にできない私の社会性に問題があるとわかっただけでも大収穫である。

もしくは映画など、一緒にいながら意識を全く別のところに飛ばしていても良いデートなら、問題ない。

今流行りのVRをお互い装着し、同じ場所にいるが、お互い別の仮想空間にいる、というのもいいかもしれない。

あとはディズニーランドだ。

あれほど、みんなディズニーランドはいいと言っているのだから、相当いいのだろう。死ぬまでに一度は行ってみたい。

しかし、現時点では完全に夢である。私も時間がないし、さらに夫と休みが合うこともほとんどない。

このように、行ってはみたいがおそらく行かないんだろうな、と思う場所はたくさんある。そして実際一生行かないのだろう。

でも行くことを想像する時、一緒にいるのはいつも夫だ。一人が好きなら一人でディズニーでも東尋坊でも行けばいい。逆に後者は一人の方が捗る。

しかしやはり一人で行ってもしょうがないと思うし、行くとしても夫以外の相手は思い浮かばないのである。

結婚したら
ブスになった

私は夏が好きだ。

理由は冬が嫌いだからだ。つまり消去法、ネガティブな意味で夏が好きである。海にも山にも行かない。部屋からも出ない。そして当然冬も部屋から出ない。

なぜ冬が嫌いかというと、寒いのが超苦手だからだ。そして暑いのは普通に苦手である。暑いと当然薄着になる。今、室内にいる皆さんも、屋外にいる皆さんも当然パンイチ、もしくは全裸だろう。後者の方は今ならまだ間に合うので服を着るか出頭をおすすめする。自首と現行犯逮捕では、今後の展開が大きく変わる。


ところで、みなさん、推しの露出に関してはどういう見解だろうか？

答えなくていい、そんなことより貴様は服を着ろ。

つまり、推しキャラがパンイチ、全裸といかなくても露出度の高い恰好をしてくれれば嬉しいか、という話である。

長いことオタクをやっている人間でも、年齢と共に好みが変遷することはある。若い頃はナイスミドルキャラが好きだったが、今では小学生に目がありません、という者もいる。もちろん二次元の中なら合法なので出頭はしなくていい。警察も忙しい。

私はあまり変わっていない。昔からどちらかというと男っぽいキャラが好きで逆に女性的なキャラには惹かれなかった。誰もそんなことは聞いてないと思うが、誰も聞いてない話をするのがオタクだ。

しかし、露出に関しては明らかに好みが変わったと言える。

例えば今人気のアニメ映画、「KING OF PRISM by PrettyRhythm」（キンプリ）に大和アレクサンダー（通称アレク）というキャラがいる。

私はこのアレクが一番好きなのだが、彼は腹筋で剣を跳ね返したり、腹筋から爆弾を落としたりする。何を言っているかわからないかもしれないが、見たことをそのまま言っているだけだ。

ともかく肉体美が売りのキャラなので、衣装も露出度が高いものやセクシーなものが多い。

しかしたまに、服をちゃんと着ているタイプのアレクが発見されることもある。

それを見るたびに「服を着ている方が好きだ」と思ってしまうのである。

これは、アレクだけではない、FGOの土方さ。

失敬、先日51分の1で土方さんが出るという、出たも同然のガチャで土方さんを出せなかったことにより、土方さんの話をしようとすると気絶するようになってしまった。この病は土方さんが出るまで治りそうにない。

よって気絶する前に簡潔に言うが、土方さんの衣装も、胸元がアホほど開いた着物より、一番上までシャツのボタンが留められた洋装の方が尊いと思うし、来世は土方さんの一番上のボタンになりたいということだ。

だが、水着、てめえは別だ。

去年FGOでは、水着姿の限定サーヴァントが登場した。しかし対象キャラは全員女性だった。だから今年は男の水着が来ると踏んでいる、というか3ヶ月ぐらい前から待機している、全裸で。

もし、出ないとしたら「お前は売らせた内臓の数を覚えているのか？」でおなじみのFGOさんらしくないっすよ、なんでそんなに無欲なんすか、ブッダっすか!?　と心配になるレベルである。

よって必ず来ると信じている。もちろん土方さんの水着もワンチャ。

気絶が止まらないので話を変えるが、今回のテーマは「結婚して変わったこと」である。

もしかして、二次元の男の露出に関する趣味が変わったのは結婚が関係しているのか、と考えてみたが、どれだけ考えても方程式がなりたたない。

夫も「あなたと結婚してから、二次元の男は服着てる方が好きになったよ」と言われても、俺は何もしてねえ、と言うだろう。

趣味に関しては、昔から交際相手に影響を受けるタイプではなかったので、車好きの夫と結婚したから車に興味を持つようになったなどは全くない。

では精神的に変化があったかというと、結婚前は毎日頭髪を100本抜いて食ってましたが、最近では10本です、などのわかりやすい変化がないので明言はできない。しかし、結婚してからひどく病んだ記憶はないので、多分安定していると思うし、そもそも作家などという、いつ連載が終わって無職になるかもわからない職業を正気でやれるのは、結婚したおかげ、と言えるのかもしれない。

しかし、心はともかく、体の方は不安定極まりなくなった。

健康を害したという意味ではない。顔だちが崩れたのだ。昔はそれなりに体重とか服装とか気にしていたはずなのだが、結婚してから「捨て鉢」としか言えなくなってしまったのだ。

つまり結婚して変わった点は、

ブスになった。

以上である。

溶かしても
夫の誕生日は
祝うのが夫婦

全裸である。

何故なら、3ヶ月以上前から全裸で待っている、FGOの男性水着キャラが未だに登場していないのだ。出てくるのは女性水着ばかり、このままでは全裸待機が終わらないままに、夏、そして人生が終わってしまう。

なぜ、これだけを楽しみに生きてきた人間がいるとわかっていてこんな仕打ちをするのか。まさかそんな奴いないだろうと思っているのかもしれないが、我の虚無を舐めるな、吸い込むぞ。

しかし、逆に言うと、虚しいが平和でもある。

もし、男水着キャラが登場し、全裸待機が終了したとして、何を着るかというと、半永久的に着るつもりで買ったイオンのフリースとかではない、白装束だ。

他にも、遺書を書いたり、辞世の句を詠んだり、華麗百蓮爆士大姉などの戒名を考えたりと、てんやわんやの大忙しなのである。

しかし、男水着キャラが出ないということは、ガチャを回す必要すらないということであり、ただ心が死んでいるだけ、という穏やかな状態で粛々と、夏イベをこなすことができるというものだ。

なのに、なんで回しちまったかな、ガチャを。

何故か回してしまったのである。女性水着キャラしか出てこないガチャを。しかも、それすら出てこなかった。ただの1体もだ。

回したと言っても、たかだか60連ぐらいであり、現金に換算すると1万円ぐらい、つまり四捨五入で無課金だが、いくらなんでも深追いしすぎだ。鼻くそだとしたら、脳に到達するぐらいほじっている。

確かに、女性水着キャラが出てくるガチャも魅力的だ。しかし、私にとっては「掘れば上質な粘土が出てくる可能性がある」という程度の話だったはずだ。

私が求めたものは（全裸で）男性水着キャラという金塊だ。

アニメ化が決まった「ゴールデンカムイ」だって、宝の地図を、複数人の体に刺青として彫るなどという、ちょっとどうかしちゃっているアイディアをみんな受け入れて彫らせたのは、その宝が金塊だからである。それが、ちょっと良い粘土だったら、そこで「ゴールデンカムイ完」だ。

そもそもゴールデンですらない、粘土カムイである。

どう考えてもここまで回す必要はなかった。もしこの後万が一、男水着が来たら、必ずこの60連を後悔する。

だがこれがガチャの恐ろしいところだ。1回回すと、目当てがいるとかいないとか関係なく止まれなくなるのだ。最初ワケあって犯した殺人が、そのうち殺人自体が目的になってしまうのと同じだ。

もちろん担当を殺すことに関しては、最初からそれ自体が目的でワケなどどうでもいいのだが、ガチャはこれでは困る。

幸い、1万という無課金で止まれたが、回したのが朝だというのが悪かった。

これから向かう会社の日給は、余裕で1万を下回っている。朝10分で失った金を取り返せもしない。労働に向かう、低賃金ソシャカスのつらいところである。

だが、長いソシャカス生活、こんな朝も月に一度ぐらいあるさ、と、スマホのディスプレイを見直して私はあることに気づいた。

「夫の誕生日」だ。

夫はすでに出社済みだったので、慌てて「誕生日おめでとう」とＬＩＮＥを送った。

すると「おそいわ。ありがとう」と返信があった。若干アウト気味のセーフだ。あんまり怒らない夫だが、前に返事をしなかったことにキレたように、どうでもいいもののように扱われるのは嫌なようである。当たり前だが。


もちろん、夫のことがどうでもよいわけではない。それに誕生日のことだって、前日まで覚えていた。ただ、たまたま起きた瞬間、ガチャのことしか頭になかっただけだ。

お互い干渉しすぎないようにしている我々だが、それでももっと夫のことを気にかけるべきだと反省することは多々ある。


ちなみに今回のテーマは「結婚して、夫の変わったところ」なのだが、全く思い浮かばない。しかしこれも夫が変わってないというわけではなく、私がその変化に気づいていないだけのような気がする。

コミュ症のコミュ症たる所以は、他人に対する圧倒的興味のなさであり、どうにもならないと思うが、やはり家族のことぐらいはもっと気にするべきだとは思う。

おそらくこのままでは、嫁の気持ちや変化に全く気づかず、上手くいっていると思い込み、定年後に離婚を切り出され「なんで!?」となってしまう男と変わらないことになってしまうだろう。


しかし「今ガチャに溶けた金さえあれば夫の誕生日をもっとラグジュアリーに祝えたのに」のような後悔だけは一切しない。

ガチャで失った金を他のことに使えば良かったと後悔することは「あなたが今までガチャに溶かしたお金でベンツが買えますよ」という、ドヤ顔ダブルピース詭弁を容認することになってしまう。

「ガチャに溶けた金が戻ってきたら、またガチャを回す」、それ以外ない。たとえそれが夫の誕生日だろうが、命日だろうが、だ。

つまり、ガチャで大金を溶かしながら、夫の誕生日も祝う。それがソシャカスのつらいところだ。覚悟はいいか？　ということなのだ。もちろん覚悟はできている。

だが、本当につらい。

ドスケベブック
だけが生きがい

毎日充実している。

何故なら、この疲弊を充実なのだと錯覚させないと即死するからだ。休みが欲しいが担当が18人ぐらいいる。そいつら一人一人と休み交渉をするだけで疲れるので、殺した方が早いし体力も使わない。むしろ担当殺して元気ハツラツオロナミンCだ。

なのに、なんで参加申込しちまったかな、ＦＧＯの同人誌即売会に。

サークル参加申込をした、ということは本を出さなければいけない。つまり原稿を休んで原稿を描きたいと言っているのだ。どうかしている。

しかし、人生には楽しみが必要だ。

まず日中は「セミの抜け殻がしゃべった」でお馴染みの、生気ゼロ顔で生活している。

唯一の楽しみであるソシャゲもＦＧＯで言えば、1月に5万出して坂田金時が出ず、3月に10万溶かして土方歳三が出ず、その後金時が出て若干上方修正されたが、さらにそのあと、51分の1で土方さんが出るという計算上１００％出るはずのガチャで土方さんを出せず、希望にしていた男性水着キャラは登場さえもしなかった。

生きているのが不思議だ。

世を儚まない理由が一つもない、セミの抜け殻の割にはタフな一面がある。

しかし粉々に砕け散って茶色い粉になるのは時間の問題だ。早急に回復しなければいけない。

だから同人誌即売会に行き、推しの本を大量に買わねばならぬ。それが、ここ数年、年に一、二度、私のホイミ、またはケアルとなっているのだ。

「推しのＤＢ（ドスケベブック）がしこたま入ったトートバッグの紐が肩に食い込む痛みだけが俺のリアル」

インタビューにはそう答えるつもりだが、誰もしてこないので、今のところ壁にそう言っている。

もちろん、片方ではない両肩だ。片方にだけ重いものを持たせると骨盤が歪む恐れがある。

そういった「女子力」観点でも、ＤＢは両肩均等に負荷がかかる量買わなければいけないのだ。軽すぎてもいけない。感じる「リアル」が弱くなる。

もちろん宅配で自宅に送るという選択肢もあるが、それはしない。

「DBが読める明日が来ると思うのは甘え」

明日になれば家にDBが届き、読める、などと考えるのは、平和ボケとしか言いようがない。明日が来る保証はどこにもないならば「今日中に持って帰って今日中に読む」以外の選択肢はない。

このように一番の楽しみは買い物だが、自分の本を売るのも楽しい。原稿を描くのは一概に楽しいとは言えないが、本ができて人が買ってくれるのは楽しい。その本がその日のうちにヤフオクに出ていなければ。

毎回、刀剣乱舞のイベントに出ていたが今回ははじめてFGOのイベントに出る。

ちなみに土方さんの本を出す。出てないけど出す。別に持ってないキャラの本を出してもダメという法律はないだろう。

と思ったらあるらしい。

なんでも「持ってないキャラを描いたり本を出したりするのは不敬である」という意見があるそうだ。

実際言っている人を見たわけではないので、もしかしたらネタなのかもしれないが、それにしても過激派である。

しかし、不敬とは何に対して敬がないのか、そのキャラにか。

だったらそのキャラに言ってもらわねえと言うことは聞けねえな。

当たり前だ。

本人が不愉快と言うならやめる。つまりCV：星野貴紀で「持ってねえなら描くな！」と言われたら、私は描きかけの原稿が入ったPCを斧でカチ割り、イベント当日何もない机を前に、膝に石を載せて終了時間まで座っている。

それに貴様らは知らないかもしれないが、世の中には「イケボの言うこと以外は聞かなくていい」という法律がある。

馬鹿なと思うかもしれないが、持ってないキャラは描いてはいけないという法がまかり通る世界線ならこれも余裕で通るだろう。

というわけで今回のテーマは「結婚の条件」だ。

異次元の自分はイケボの言うことしか聞かないが、リアルはそうはいかない。というか、誰の言うことにも諾々と従っている。特にちょっと強く言われると怖くて従ってしまう。

定職についているとか、人を食い殺したことがないとか、そういう人並みの希望はあるが、あとは「高圧的でない、口が悪くない、大きな声を出さない」人がいい。

リアル世界だと、いくらイケボでもこういう人と一緒にはいられないというか、いたくなくても怖くて逃げられないというDV心理になることは目に見えている。

たとえ声が発泡スチロールをこすり合わせた音と全く同じ周波数でも、穏やかにしゃべってくれる人がいい。

永遠に
来ないかもしれない
夫との休日

俺は空を飛べなかった。

この一言で全てを理解できたと思うが、わからない、という国語1の連中に説明してやるとすれば「グランブルーファンタジーと刀剣乱舞活撃のコラボがプレイできなかった」ということである。

プレイしていないので何とも言えないが、おそらくガチャを回さずとも刀剣のキャラが手に入ったはずである。なのに何故できなかったか。

何と意外なことに、ソシャゲをやる時間がないのだ。

どうしてこんな事態になったかというと、一番の原因は「2兆円がない」。その次が「売れてない」からだ。

本が売れていれば印税で儲かる。しかしそれがないと、単価が安くてもたくさん原稿を描いて原稿料でやっていくしかない。その結果、満足にソシャゲをする時間がなくなった。

体力的にも時間的にも、やれて1本。とてもグラブルを追加することはできなかった。

幸か不幸か、コラボキャラに長谷部（ちょっと久しぶりで忘れているであろうお前の内股に彫ってやるが刀剣乱舞のキャラへし切長谷部だ）がいなかったのでまだ諦めがついたが、もし出てきたら最後の禁じ手「睡眠時間」に手をつけるところだった。

つまり、ソシャゲをする時間がない＝人の生活ではない、である。
俺は今人ではない、かといって動物ほど気高くもない、ただ「人以下のナニカ」だ。
私はこのまま人ではない、ゲル状で青紫のナニカのまま蒸発していくのか。
そう思った時、ナイーブになったオタクがよく聞く、お馴染みの幻聴が聞こえた。

「だからガチャがあるんだろ」と。

そうであった。ガチャに時間はかからぬ。ものの30秒だ。
それにもかかわらず、結果によっては超大作ＲＰＧを50時間ぶっ続けでプレイしたような消耗を感じることができるのである。

さらにガチャを回すとゲームだけではなく経済にも参加できる。引きこもりに社会参加の機会まで与えてくれているのだ。

ガチャを、ガチャを回している時だけ私は人に戻れる。感謝、改めて感謝、一日1万回、感謝の10連ガチャ、といきたいが、前述の通り2兆円ないし売れてないので、私にできるだけの感謝をこれからも捧げていこう。


逆に言うと「刀剣キャラは全員ガチャだ。慈悲はない」というコラボだったら、私にも参加ワンチャンあった。

ちなみにグラブルのガチャは上限9万だそうだ。どういう仕組みかは知らないが、9万出せば欲しいキャラが手に入るようである。

「9万で欲しいキャラが手に入る」、つまり「タダで推しが手に入る」ということである。

キャラ無料配布なんて、いくらなんでも気前が良すぎる。多分サイゲは年内につぶれる。

株とか持っていたら、早めに手放した方がいい。

というわけで今回のテーマは「夫と休日を過ごすなら」である。

ソシャゲも満足にできないのに夫と遊べるわけがない。

もちろん、夫よりソシャゲが大事というわけではない。たとえ時間があっても、今は体力的にも脳ミソ的にも「ソシャゲの単純作業がやっと」なのである。


私がグラブルを諦めた理由はもう一つある。「おもしろいから」だ。

おもしろいというのは「ゲーム性がある」ということであり「多少なりとも頭を使う」ということだ。

それに対して刀剣乱舞は、総合1億点だとしたら、キャラ9999万9998点、ゲーム2点、トータル1億点と言われるほどゲーム性がなく、ひたすら単純作業と運である。


よって、グラブルをやった刀剣プレイヤーの「ゲームがおもしろくて感動した」「今まで我々がやっていたのはなんだったのか」という声が相次いだ。しかし私にとっては「グラブルの方が無理」なのだ。

仕事を終えて、さあ寝る前にちょっとゲームやるか、という時に複雑なことはできない。無心でクリック作業をして「今日も俺様はやり遂げた、寝る」ぐらいがベストなのだ。

結局はどっちに向いているかという話で、実際グラブルは割とすぐやらなくなってしまったが、刀剣は休みがちだが今も続いているのである。グラブルを改めてやるのはもう少し余裕ができてからだと思っている。

つまりそれと同じで「今はまだ夫との休日の過ごし方を考える」レベルではない。

正直今は休日、どこにも行きたくないし、何もしたくない。私が大地を踏みしめるのは推しのＤＢ（ドスケベブック）が置いてあるイベント会場に降り立った時だけだし、それも帰宅と同時に「使命を果たした」という感じでぶっ倒れて死ぬ。

あとは、ベッドで、スマホを無心でタップぐらいしかできないのだ。

つまり夫と休日を過ごすには、２兆円、もしくは今すぐ売れるしかないので、本を買ってほしい。

土方さんは
かっこいいし、
長生きもしてほしい
完

このコラム、今回で最終回でいいんじゃないだろうか。

何故なら土方さんが出てしまったからだ。土方さんがわからない人間は今すぐ仏門に入って悔い改めるべきだが、仏も「スリーカウントまでは許す」と言っているので、今回だけ説明してやる。3月にソシャゲFGOのガチャに登場し、某万円ほどかけて出せず、半年ほど廃人となった「土方歳三」だ。

これが出た。

ということは、あとは余生であり、私の職務経歴書ぐらい「特記事項なし」だ。次、何か書くことがあるとしたら、長谷部（一応説明してやるが刀剣乱舞のへし切長谷部だ。そして貴様にはあと1カウントしかない、エンディングノートを書いておけ）が「極」になった時だ。その時また、心肺停止の状態で担架に乗せられてここに戻ってきたいと思う。

しかし出たところで終わらなかった。私のマイルームにいる、カッコ良すぎる土方さんを一日38時間見続けたところ、こんなにカッコいい土方さんに宝具レベル1というのはあまりにも不似合いではないかと。簡単に言うと、同じキャラを出せば出すほど強くなるのだ。

よってその後も課金を続け、おそらく15万円ぐらいで、3人目の土方さんをお迎えしたのが今朝である。

おそらくというのは、推しが出た時点で無課金だし、その後の課金も誤差の範囲にしか過ぎないからだ。それに以前手に入れられなかったことを考えれば「配布された」に等しい。タイプムーンは大丈夫だろうか、ここも年内につぶれそうな気がする。

人生のピークだ。本気でそう感じた。

しかし、その日は、私の祖母の米寿を祝う会があったので一旦ゲームはおいて実家に向かった。

ババア殿はこの1年でめっきり弱ってしまった。寝たきりとは言わないが、横になっている時間の方が長いようだ。元々、活動的でよく働く人だったので、その姿は改めてショックである。

しかし、ババア殿が弱っていると気がめいるので無理でも野山を駆け巡れ、というのはこっちの都合である。

そもそも「元気で長生きしてくれ」というのも、こちらの希望だ。ババア殿はもうだりーのだ。我々だってだるい時は寝てたいだろう。だが若い頃は仕事とかいろいろすべきことがあるから寝てばかりいるわけにはいかない。しかしもうババア殿はだるかったら寝ていいのだ。

だから、元気で長生きとか言わずに「好きな時にご自由にお死にください」でいいのかもしれない。

とはいえ、やはり見ていてつらいものがある。そしてババア殿に気をとられていたが、よく見たら親父殿も相当なジジイである。聞けば73になったということで、もはやジジイ以外の何者でもないのだが、足元のおぼつかなさや呂律の回らなさはババア殿以上にジジイである。

母上はまだ元気だが、やはり老けてはきている。

流石に神妙な気持ちになった。

私は、ソシャゲに15万もかけて一喜一憂している場合なのだろうかと思った。それより、家族との時間を増やすべきではないかと。そしてその15万で家族のために何か他にできたのではないかと。

そういう思いが胸にこみ上げ、口から出て、床に落ちた。つまり唾棄だ。

それは不謹慎厨の発想である。

浮かれたり、冗談を言っている人間に対し「大変な人がいるのに不謹慎ですよ」と言う奴だ。

ババア殿の具合が悪いのは心配だし、年老いた両親のことも気になる。してやれることがあったらするべきだろう。だがそれと、半年、臥薪嘗胆の想いで出した土方さんと何の関係があるというのだ。

子供の給食費を何故ギャンブルに使ってはいけないかわかるか。それは子供の給食費用の金だったからだ。私がババア殿の祝いのための金をガチャに溶かしたなら己を責めるべきだろう。だが、ババア殿には別でちゃんと祝いをやっている。

土方さんを出したのは土方さんを出すための15万だ。

むしろこれを家族に使うというのは用途外であり、子供の給食費をギャンブルに使ったに等しい。

ババア殿の具合は悪いし親は老けてるしソシャゲやってる場合じゃねえ、などと考えるのは、子供ができたら母親は全てを子供に捧げるべきであり自分の趣味の時間とか考えるべきではない、と考えるのと同じだ。

そりゃ母親に徹しなければいけない時もあるだろう。だが自分でいていい時間に文句をつけられたり、まして自らが、自分は母親なのにと思ってしまうのは自縄自縛であり、クソもミソも一緒、スカトロが過ぎる。

ようは切り替えとメリハリだ。

本当の不謹慎というのは、この会の間中スマホをいじりFGOをやっているとか、来たる別れの日にビッグサイトにいるとかだ。

よって私は母上が読み上げるババア殿への感謝の手紙に、母と一緒に涙し（ババア殿は泣かない、ドライなのである）、ババア殿が選曲したババア殿の好きな歌を家族全員で歌った。全然知らぬ曲だったが全力の「ルールルールルルー」で乗り切った。

我が実家ながら、なんだこのセンチメンタル・ジャーニーが過ぎるプログラムは、と思ったが、臆面もないことは本人が生きているうちに臆面もなくしておくべきなのだ。死んでからはできぬ。

そして最後極めつけの、私からババア殿への花束贈呈だ。性格が濡れぞうきんなため、こういうことをするとしばらく泣いてしまうのでしたくないのだが、確実にしておくべきだと思ったので「おめでとう」と言って渡した。

言いはしなかったが、やはり元気で長生きしてほしいと思いながら、私は実家を後にした。

自宅に戻った私はスマホでＦＧＯを立ち上げ数時間ぶりに15万の土方さんに再会した。

「クソカッコいい……好き……」

人生良いことばかりではない。悲しいこともあるし、真面目にならなければいけない時もある。配慮も自粛も時には必要だ。だがそれを理由に、全く無関係な楽しいことにまで水を差す必要はないのだ。

ちなみに今回担当から出されたテーマは無視した。

金の巻

敵はおのれの理性のみ

私は、一日64時間ほどツイッターをやっており、知識の全てが、そこに流れてくるソース不明情報で構築されているのだが、最近「楽しみは老後に取っておくな」という主張をよく見かける。

老後、趣味を楽しもうにも、まず体力がなくなっているし、足腰も弱って目も悪くなっている、そして何より死んでいるかもしれない。

そんな状態で、旅行や読書、激しいモッシュが楽しめるわけがない。よって体力があり、死んでない状態のうちに楽しんでおけという主張だ。

確かに正しい。

しかし自らの老後を「金と時間はあるけど体力がない」と仮定している時点で「SWEEEET！」じゃないだろうか。

まず金がないと思わないのだろうか。そして金がない理由は、人にはいろいろ事情はあるので一概に本人のせいとは言えないが、若い頃楽しめば楽しむほど老後の金がなくなるのは確かだ。

そうだ。

「楽しいことは若い頃の方が楽しめる」

これが正しいとしたら「キツいことは年取ってから耐える方がキツイ」も真な気がする。

暑い、寒い、腹減った他、金がないことで起こる不便は、それこそ若い時は体力で乗り越えられる気もするが、老になってそれらの不便は死に直結しそうだし、なによりみじめになりそうだ。

つまり若い頃楽しむのも大切だが、せめて「屋根のある家でティッシュを食わなくていい老後」を目指して、蓄えることも必要である。

だが、使っちまうんだな、金を。

何故か、愚問だ、回してしまうのだ、ガチャという名の経済を。

突然だが、ちょっと聞け、拒否権はない。

自分のはまっているジャンルの話をしたくてしょうがないオタクに捕まった時は、妖怪に両足を摑まれたと思って諦めろ、尻子玉を抜かれたくなかったら最後まで聞け。そして反論も同意もするな、全てが1億倍になって返ってくる。怪談における「決して声を出してはいけない」と同じだ。

ソシャゲのガチャ。

やったことない人間でもそういう恐ろしいものが存在する、ということぐらいは知っているだろう。

簡単に言うと、くじみたいなものだ、当たることもあるが外れることもある。そしてゲームによって差はあるが、大体そのガチャを10回引くのに3000円ぐらいかかる。今まで努力や技量が重視されてきたゲーム界に「完全に運と金」という革命が起きたのだ。

普通、革命というのは貧乏人がブルジョワに下克上するものだと思うが、この革命は貧乏人が確実に負けるし、勝とうと思ったらさらに貧乏になる、という逆レボリューション21！なのである。

私は複数のソシャゲをやっているのだが、先日その中の一つFGO（Fate／Grand Order）のガチャに土方さんこと土方歳三が来てしまったのだ。

土方歳三がわからない奴は今すぐ船から下りろ、浮き輪ぐらいはやる。

とにかく、ムチャクチャ欲しいキャラが来たと思ってくれて良い。しかもこのキャラ、正味、2週間くらいしか出ないのだ。

老後の楽しみどころの騒ぎではない。

土方さんは、こっちがババアになる頃どころか、2週間も待たないのだ。さすが生き急いでいらっしゃる。

しかし、土方さんは相手がババアだからといって邪険にしないと言いますか？　ヘルシングのアーカードの旦那の如く、年を重ねた女性に対し敬意的なものを持って接してくれると言いますか？　ドプフォｗｗｗつい夢豚発想が出てしまいましたｗｗｗいや失敬失敬ｗｗｗ。

ともかく、2週間以内に出さなければいけないのだ。

しかし、ガチャというのは努力ができない、何度も言うが全て運と金だ。

そして結果から言うと出なかった。病床にある霊帝よりも「とてもつらい」。

何がつらいかというと、その敗因だ。運がなかった、金がなかった、などというのは言い訳にすぎず、一番の敗因は「理性があった」ことだ。

今の世の中の良いところは「今ない金を使えること」だ。

正確に言うと将来自分が稼ぐであろう金を先に使えるのだ。実に未来志向であり、支払い方法もリボとか便利なものがたくさんある。

つまり、まだ戦えたのに、自分でストップをかけてしまったのだ。敵前逃亡による、士道不覚悟で、市中引き回しの上、打ち首獄門である。

しかし、つらい、つらい、と言っても具体的数字を出さないとわかってもらえないだろう。そこで、私も把握しないようにしてきた、今年に入ってからの課金額を計算してみた。

今までの口座履歴を出力、マーカーでチェックを入れ合計額を出すという、凄腕のマゾにしかできない行為をした。ご褒美として、30連ガチャぐらい回していいはずである。

結果は「26万8140円」である。

これだけあれば老後しばらくは土などを食わずに生活できるだろう。

そして、これだけ出して、ほぼ何も得ていないのだ。

進撃の巨人の「何の成果も得られませんでしたーー！」は、まだでかい声出す元気があるんだから、いいじゃねえかと思う。

「成果？　なかったよ」と、二、三度聞き返されるボリュームでしか答えることができない。

オタクは、自分のはまっているものを「沼」と表現することがある。

好きなものなのに、なんでそんなネガティブな表現をするのか、というと、本当につらいことが起きるからだ。まだ、首までリアル沼につかっている方が楽な時がある。

以下は、そんな楽しくてつらい、そしてつらい沼の話である。

スタイリッシュソシャカスに憧れて

前項で、今年に入ってから4月末ぐらいまでのソシャゲへの課金額が「26万8140円」だという話をした。

これに対し若干の人が「引いた」と思ったかもしれないが、大多数の人が「片腹痛い」とディスプレイに痰を吐いたことだろう。

私も、この程度の金額で騒いで申し訳なかったと反省の気持ちでいっぱいだ。

それにソシャゲのガチャと言ったら運営会社が暴利をむさぼっているイメージがあるかもしれないが、実は良心的なのだ、何せ「出るまで回せば必ず出る」のである、つまり「勝率100%」「全プレ」と言っても過言ではない。

勝てぬ戦なら、逃げるも戦略のうちだが、必ず勝てる戦から逃げたのだ。これはもう末代まで爆笑されるべきだろう。

徳川家康が、敗走の最中恐怖のあまりウンコを漏らし、その屈辱を忘れぬために、ウンコ漏らした姿のまま肖像画を描かせ飾った、という有名なド変態エピソードがあるが、私もそれに倣って「FGOの土方さんガチャで〇〇万溶かして撤退した時の顔」を写メって待ち受けにするぐらいはするべきだったのである。

つまり、ガチ勢からすると全然大したことない金額だったということである。

しかし、つらいものはつらい。私は平素会社員をしているのだが、その給料は手取り12万程度だ。

つまり、丸2ヶ月分の給料を溶かした上に、親に「3万貸して」と言いに行く規模だし、それ以前に、2ヶ月食費ゼロだったら流石に餓死だ。冷蔵庫に半永久的に置かれている、使うあてのない調味料や、指の股の塩分を舐めるだけでは限界がある。

生命の危機である。

そんな時どうするか。安野モヨコの漫画「さくらん」に「同じ思いをしてるからこそ同じ地獄に落とさなきゃ気が済まねえのさ」という台詞がある。作中で言う地獄とは恋のことだが、まあソシャゲも似たようなものだ。文字数も3文字しか違わない。

つまり、私以上に課金をしてしまっている人を探して溜飲を下げようとするのだ。

だが、気づいてしまった。課金額が大きい人ほどあんまり騒いでいないのだ。

もしやと思いプロフィール欄を見たが「石油王」とは書かれていなかった。にもかかわらずソシャゲに3桁万円使って「It's so cool……じゃんよ」なのである。

ちなみに今のはFGOの坂田金時（CV：遊佐浩二）だ。

このキャラは、配布（ゲームをすればもらえる）カードと、ガチャ限定カードがあるのだが、私はこの限定カードが欲しくて新年早々5万溶かしてさらに出なかった。波乱の幕開けである。

しかし、5ヶ月も経ってまだそれを言っている時点で「低い」としか言いようがない。3桁万円課金者には、そのような、洗い忘れた弁当箱臭がしないのだ。

何が違うのか、何故こいつらは、こんなにスタイリッシュソシャカスなのか、使っている額は私よりずっと多いのに地獄在住感がしない。

その答えはすぐにわかった。彼ら彼女らが何故、課金額が3桁いっているかというと「出るまで回す」を実行したからだ。つまり、推しのカードを手に入れているのである。

100%勝てる方法を実践し、100%勝ったのだ。素直で真面目で、誠実だ。そりゃさわやかに決まっている。

しかも、それに対し後悔がないのだ。一言でも「推しは出たけど使いすぎた」とか「いらない内臓ってどれ？」みたいなことを言ってくれれば、私も笑顔で冷蔵庫に3年眠っていた味覇《ウェイパー》を差し出し「舐める？」と言えるのである。

それが「消費者金融の反復横跳びで推しを手に入れた上にいい運動になりました」というような、堂々たるスポーツマンシップに則って勝利を収めたMVP投手のような佇まいなのである。

結局ソシャゲのガチャとは、欲しいカードが出れば勝ちなのである、無料ガチャ1回で出ようが、100万で出ようが等しく勝ちだ。

逆に言えば「出なければ負け」だ。5万如きで撤退するのはもちろん、最初から回さなくても同じ敗北だ。

オタクにとっての敗北とは「後悔」のことだ。いかにこの後悔をなくすかがオタクにとっての課題だ。行きたかったイベント、舞台、ライブ、欲しかったグッズ、これを、時間や金銭的理由で諦めた時、それに対し1ミリでも後悔したら敗北である。

推しが出なかった後悔は仕方ない、むしろ死ぬまで悔いるべきだ。しかしそれに対して失った金を嘆くのはやめたい。

3桁万円使っている人だって、マジで石油王という場合を除いては、本当は苦しく、いろんなものを削り、豆苗栽培も10ターン目に入り、もう陰毛みたいなのしか生えないが、それを主食として頑張っているのかもしれない。

だが、それを表に出すことに何の意味があるのか、そもそも推しのために使った金を嘆くという時点でおかしい。

よって、下半期の私の目標は、ソシャゲにかける金を抑えるのではなく、溶かした金を嘆かないことだ。

そもそも「溶かす」などという表現が悪い。今後は「捧げた」と言うことにしよう。

奇跡体験とは「射精」のことである

金時が出た。

金時がわからない人間は1億と2000年前からやり直しだ。

FGOの坂田金時（CV：遊佐浩二）である。

遡ること約1年前、FGOを始めた時、最初にこのキャラ欲しいと思ったのが金時だった。

しかし金時は一番高レア（出にくい）な上、限定キャラであり、限られた時しかガチャに出現しないのだ。

まず、金時がガチャに出現するまで、半年待った。

このように、ソシャゲのガチャというのは即物的なように見えて「いつ来るとも知れぬ想い人をひたすら待つ」という、即ハメ希望の出会い厨に爪の垢を煎じてふりかけたいほどの、雅で崇高な趣味なのである。

そして、その待ちに待った金時ガチャに5万円捧げ、ご神体（金時）を入手できなかったのが去年1月のことである。

5万なんてガチ勢から見れば50円ぐらいだろうし、石油王から見れば0・5銭だろう。

しかし、私にとっては手取り給料の約半分、つまりキンタマ1個分に相当する。

新年早々キンタマが1個もげたら、どんなに明るい人間でも多少は暗くなるだろう。

そして、片キンを失った傷がようやく癒えかけた頃、またFGOで、私の最愛の歴史上の人物「土方歳三ガチャ」が開催されたのだ。

そこで私はキンタマを2つ奪われ、そして土方さんは得られなかった。

キンタマが3個ついていたのか、というクソリプはいらない。それにキンタマというのはたとえ何個ついていても、全てが特別なオンリーワンであり、もがれる時は等しく痛いはずだ。


つまり私は、今年に入ってから、一日たりとも喪服が脱げなかったのだ。


しかし、今はスパンコールのスーツに金の蝶ネクタイで泡風呂に浸かり、ドンペリを飲んでいる。

何故か。金時が出たからだ。

すでに軍資金を半分奉納した状態で回したガチャ。

いつもの爆死かと思った瞬間、確変演出（低レアと思わせて途中で高レアに変わる）が起こり、金時が姿を現すまでの間、人生で一番神に祈った。

もし違うキャラが出たら、その瞬間が、後に電子レンジで爆発したかのような変死体で発見される私の死亡推定時刻だ。

そして、それが金時だとわかった時の心理状態については、できるだけ言葉を尽くして美しく表現したいのだが、何度考えても「射精」以外思い浮かばない。

すでに皆さん私のことをキンタマが3つついているオスゴリラだと思っているかもしれないが、実は6つついている（流石に奇数ではバランスが悪い）メスゴリラなので、実際そのような体験はしたことがないが、それでも「これは物理的に何か出てないとおかしい」と思える快感だったのである。

しかも金時が出た瞬間、死んだキンタマが生き返り出したのだ。「生きとったんかいワレー!!」である。

　このようにソシャゲのガチャというのは、今までどれだけ死傷者を出していようと推しが出た瞬間、全てがチャラになる。むしろ、死者数が多ければ多いほど喜びがでかくなる、悲しみが全て喜びに変わるのである。

　私は金時が出た瞬間、烈海王が「裏返ったァァァッ!!」と叫んだのを確かに聞いたのである。


　報われたのだ。

　それに考えてみてほしい。人生、特に大人になってから「報われた」などと思うことがそうあるだろうか。

　まず報われるほど頑張っていないという問題があるかもしれないが、各々自分のできる範囲でそこそこ頑張っているはずだ。しかしそれを言っても「みんなも頑張っている」と言われるだけなのだ。

　そんなの「俺、地味ながら結構美味いよね？」と聞いてくるハヤシライスに「いやチャーハンも美味い」と言うようなものだろう。それどころか「いや、カレーの方が美味いし人気もある、もっと頑張れ」などと言う奴もいる。

　ハヤシライスの努力も、チャーハンの頑張りも、カレーの切磋琢磨も全部無関係なのである、何故なら全部味が違うではないか。なのに人間の頑張りは、ミソもクソも一緒扱いなのだ。

そんなスカトロ世界において、ここまで純粋に「報われた」と思える体験ができるのは幸せとしか言いようがない。ガチャを回してきて本当に良かった。

だが逆に、ガチャというのは諦めるのがとてもつらいのだ。推しが出て全てが報われるということは、出なければ何も報われないし、得られない、ということである。

よく人は損した時、いい経験になったとか、高い授業料を払ったけど、とか、まあ負け惜しみなのだが、そうやって己を納得させることができる。しかし、推しが出ずに終わったガチャ費というのは徹頭徹尾無駄金なのだ。

たとえ100万使ってでも推しが出れば、その金は生き、逆に出なければ100円でもただの無駄遣いである。

無駄遣いは良くない。

幼少の頃からお母さんにそう言われてきた。母の教えに背くことはできない。

よって現時点で無駄遣いになっている金を生き返らせなければならないのだ。

土方さんガチャの時失った、キンタマ2つはまだ死んだままである、なんとしてでもこいつらの御霊に報いなければならない（タマだけに）。

つまり土方さんを出さなければいけないのである。

戦いはまだ続く。

沼は
まだまだ深い

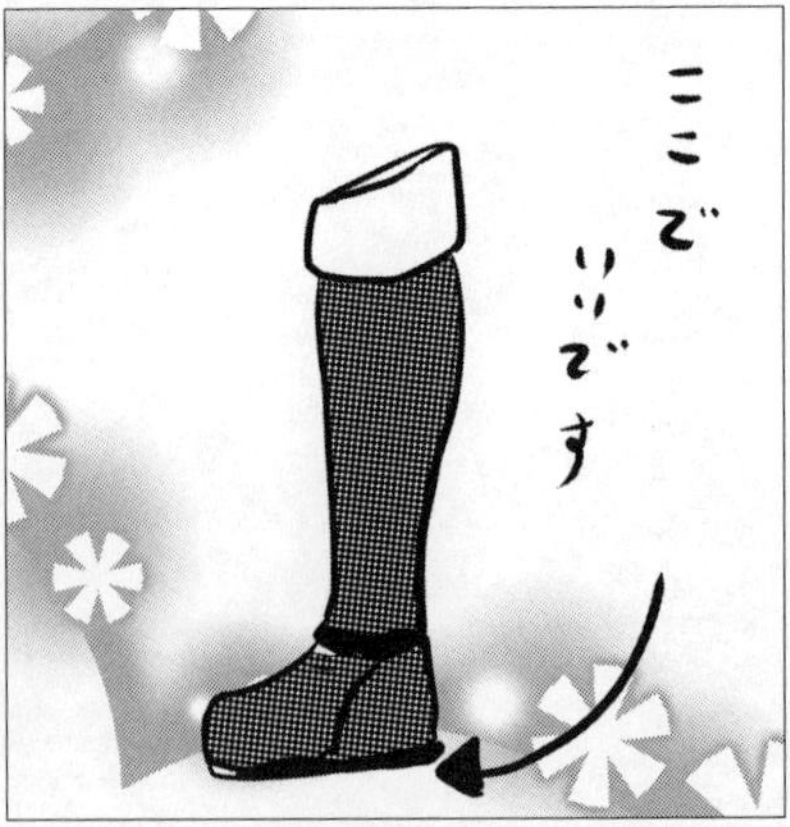

前回、ＦＧＯのガチャで坂田金時を出して以来、銀のラメ入り全身タイツで生活していた私だが、いつまでも浮かれてはいられない。

同じくＦＧＯのキャラであり、私の歴史上の人物最推しの「土方歳三」の再出現をそろそろ全裸待機しなければいけない。


次いつ出てくるかは未定だが、健康上の理由でできれば秋頃までに出てほしい。

もちろん、それまでに何もやることがないわけではない。種銭を貯めるのはもちろんだが、ソシャゲ界には、推しを出すための様々な宗教がある。


まず一番、信憑性があるのが「出るまで回す教」だ。

信憑性どころか「確実に推しが出る」という恐ろしい宗派である。

私もここに入りたくてたまらないのだが、この宗派は完全に選民思想であり、まず年収で弾かれてしまうのだ。どうしてもという場合「内臓を触媒として捧げる」などすれば一時的に入れるが、内臓というのはお一人様１個限りのものも多いため、限界がある。

正直この「出るまで回す教」以外は、全てオカルトなのだが、その中でも「おしっこ我慢教」と並んで信者が多いのが「描けば出る教」である。

出したいキャラの絵を描く（小説を書く者もいる）、ただそれだけだ。

私も本当に物心ついた時からオタクだったし、絵を描くのも好きだったので、好きなキャラクターができたら、とりあえず描いていた。

プロの漫画家やイラストレーターが描いた完璧なキャラ像があるのに、何故貴様の画力で下手に描き直す必要があるのか、と思うかもしれないが、創作をやるオタクにとって「推しができたら描く」は「初見のものは口に入れる」の2歳児と同じ習性だと思って諦めてほしい。

だが、土方さんの絵は、まだそんなに描いていない。

もちろん、描けば出る教にどれだけ効果があるかはわからない。しかし「藁にすがる以外特にやることはない」でおなじみのガチャだ、やらないよりはやった方がいいし、おしっこだって我慢するにこしたことはない。

描こうとしたことは何度もある。

そして描くには資料がいるため「土方歳三 ＦＧＯ」で画像検索をかける。

そこで「ザ・ワールド」だ。

見入ってしまい、時が止まるのだ。そして再び動き出した時、何をしようとしていたか完全に忘れているし、何が起こったかもわからないポルナレフ状態になっている。

もちろん見るのは毎回同じ土方さんだ（公式絵なんて数枚しかない）。しかし、見るたびに止まるし、土方さんのシャツの白さに、いつも網膜が焼ける。昨日はそのシャツのボタンを一番上まで留めているのを見て雄たけびを上げた。

土方歳三は実在の人物であり、洋装姿の写真も残っている。つまり土方歳三が着たシャツも実存しているのだ。あのシャツは一体前世でどれだけの徳を積んで土方歳三のシャツになったのだろう。世界を5、6個救ってないと無理だろう。

私も、土方さんのブーツの底になりたい。もう土方さんに直接踏まれる側ではなく、地面とキスする側でいい。この際贅沢は言わない。

ということを延々考えてしまって、描くどころではないのだ。

そしていつも思う。「こんなに好きなのに何故うちにいないのだろう」と。もはや、怒りと悲しみを超えて純粋な疑問だ。

「好きでも手に入らない」という点では現実の恋愛と同じである。

しかし、現実との違いは、現実の場合、相手が実在しており、人格も生活もあるという点である。それに対し「こんなに好きなのに手に入らないのはおかしい」「諦めない」「絶対に手に入れる」という姿勢を見せるのは、迷惑になる時もあるし、場合によっては迷惑防止条例に反する。

その点、二次元は「諦めないこと」「好きでい続けること」を許してくれる。

土方さんに「絶対出ねえ、諦めろ（CV：星野貴紀）」と直接言われたら諦めるかもしれないが、その代わりその音声を一日67時間、死ぬまで聞く。

逆に「好きじゃなくなる時」の方がつらい。

時間経過や公式からの供給がなくなり、段々情熱が冷めるのは仕方がない。それにその場合は、勢いがなくなっただけで「好き」には変わりないはずだ。

先日、某KBの総選挙の壇上で候補者が結婚宣言をして、騒然となった。

「三次元はこういうことが起こる。二次元は裏切らない」と言うが、二次元だって、キャラクターが自分の意にそぐわない相手とくっついたり、衝撃的な変貌を遂げてしまい、絶望したり好きでなくなったりすることはある。

一度好きになった相手を、それも一生好きでいても許される相手を嫌いになるのはとても悲しいことだ。

あと、二次元キャラの場合は「死ぬ」ということがある。

三次元だっていつかは死ぬが「推しが80を超えている」という場合以外は、まだ先だろうし、仮に死んだとしてその死に様を見せられるわけではない。

二次元の場合は「〇〇は死んだ」というナレーション死で片付けられるモブキャラを好きになった場合を除いて、その死の瞬間を見なければいけない。

「看取れた」と思えばいいかもしれないが、つらいことである。

三次元でも二次元でも、何かを好きになると、等しくつらいことは起きるのだ。

ただ、今後「壇上で割腹自殺する某ＫＢ」が現れたら「三次元の方がつらい」と認めたいと思う。

この世で一番キツい質問

「で、いくらぐらい課金しているの？」

いわゆるストレートな質問である。

いつもの自分、いや拙者なら「キタコレ」「オウフ」「フォカヌポウ」と流れるような奇声を発し、課金額をカミングアウトした後「拙者これではまるでソシャカスみたい。拙者は廃ではござらんのでコポォ」で締めたはずだ。

しかし、今回はそれができなかった。なぜなら質問者が夫だったからである。

身内の前でみっともない姿は見せられない。だから俺は、チャールズ・ブロンソンぐらいマンダムな顔で言ってやったね。

「たくさんだ」と。

そこで、その話を終わらせて、テキーラのショットでも呷ってみせれば良かったのかもしれないが、やはり、後ろめたいところがあったのか、その後に「いや、でも困るほどは使っていない」とか「だって私はこれ以外本当に何も趣味がないし」等、あからさまに言い訳じみたことを言ってしまった、俺はブロンソンにはなれなかったのだ。

夫も私が凄まじく動揺しているのに動揺したのか「俺も実はファイナルファンタジーのソシャゲに2万ぐらい使っている」と言い出した。

「無課金じゃねえか」

喉まで出かかった。だがブロンソンはそんなこと言わない、と思い踏みとどまった。

だが私からすればトータル2万なんて本当にほぼ無課金だ。それにガチャというのは「推しが出た時点で全て無課金」なのだ。むしろプラスと言っていい。

しかし、夫にとっては、ソシャゲに2万使ってしまった、というのはかなり由々しきことだったようである。

そんな夫に、私の課金額を言ったらどうなるだろうか。

確かに、全部自分で稼いだ金だし、その課金によってヤバい事態にはまだなっていない。

ちなみに「ヤバい」とは、内臓が半分ぐらいになって、はじめて「ヤバい」だ。

少なくとも、現時点では夫に実害があるようなことではない。しかし、間違いなく「引かれる」のである。

つまり具体的な課金額を言ったところで、夫はこいつ大丈夫か、と不安になるだけだし、私は配偶者に引かれる、というルーズルーズなのだ。

よって私は結局、具体的な課金額は言わなかった、もし言う日が来てもショックを軽減させるために「日割にすると一日1600円ぐらいだ」と言うようにしよう。

日割にした方がエグい数字になってしまった。ドン引きである。

人の趣味には口を出すな、とはよく言うが、正直金銭的な意味で、家族が口を出してくるのはある程度仕方ないし、権利もあると思う。それで家計が破たんしたら共倒れだからだ。

それに対し、いかにこのJPEGが自分にとって大事なものか、スマホ片手にプレゼンしても、じゃあそのJPEGが今止められている電気代を払ってくれるのか、と言われたらそれまでだし「では今夜はこのJPEGが発する光で夜を明かそう」と提案しても逆効果だ。

そもそも充電ができないとJPEGすら表示できない。

逆に言うと、それらの理由以外では人の趣味は止められないし止めてはいけない。

それ以外の理由というのは大体「くだらない」「みっともない」「気持ち悪い」等「自分が

理解できないことで楽しそうにするな」という話になってしまうからだ。

だがこういう話をする時、私はソシャカスキモオタとして、いつも迫害される側視点で語ってしまっている。自分だって自分が理解できないものに対し、理解できないがゆえに、無意識に無遠慮なことを言っているかもしれないのである。

ちなみに担当の友人は最近「ブラジリアン柔術」にはまっているそうだ。

なるほど、わからん。

聞いた瞬間「なんで」と言ってしまいそうだ。

しかし、そういうことなのだ。他人の趣味に対して「なんで」「どうして」は、文句を言っているのと大して変わらない。

そして、その友人は「寝ている時以外は柔術のことを考えている」上に首が2倍ぐらいの太さになったそうだ。

よほど気を確かに持たないと「何故そこまでして」と言ってしまいそうだ。だがそれを言ったら「なぜＪＰＥＧにそこまで金を使うのか」と同じになってしまう。

もしかしたら彼女は、さらに無遠慮な人間に「そんなガタイじゃカレシできないぞ？」等的外れなことを言われているかもしれない。

だが考えてみれば首というのは相当大事だ。男と自分の首、どっちが大事だと言われたら首だろう。逆に有事の際、男の首をへし折ることだってできるではないか。

しかし、そんな適当な擁護もおそらく不要なのだ。自分だって、自分の好きなゲームについて全然わかってない奴にわかったフリであれこれ言われたら腹が立つだろう。

「お前にブラジリアン柔術の何がわかる」なのである。

確かにわからん、ならばわからんものに対してはなんと言うのがベストアンサーなのか。

「何も言わない」である。

性欲メスゴリラの告白

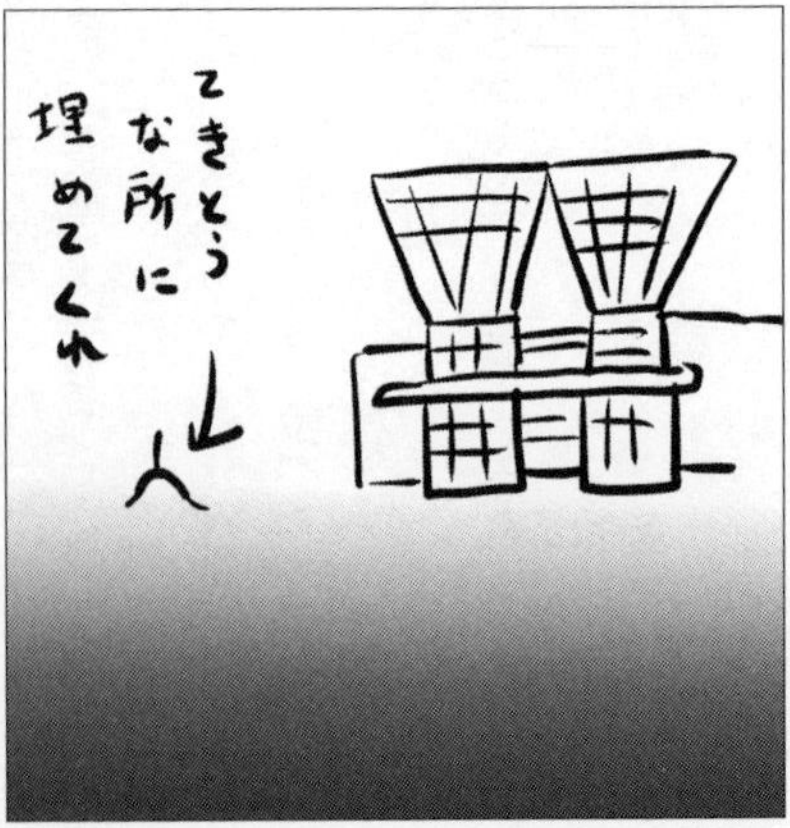

これが掲載される頃は夏コミ真っ只中である（コラム連載時点）。

夏コミといったら年に一度の大祭典、ＤＢ（ドスケベブック）を求めて、日本中からＺ戦士が集うという、オタクなら一度はアドベンチャーしてみたい、でっかい宝島である。

しかし私は夏コミには行ったことがない。

距離とか時間とか金とか、理由はいろいろあるのだが、行こうと思って行けないわけではない。一番の行けない理由は体力である。

何せ今、一日27歩ぐらいしか歩いていないのだ。そんなのがいきなり海を越え山を越え、炎天下の中長蛇の列に並び、万単位のＺ戦士に揉まれ、さらにその場にいる人間のＢＳ（バッドスメル）をちょっとずつ集めたという元気玉空間に長時間いたらどうなるか、死以外のビジョンが思い浮かばない。

コミケで死んだ、というのは、オタクとしては、二階級特進の殉死かもしれないが、ただでさえ、オリンピック開催のためコミケをどうするかが問題となっているのだ。

その中で「死人が出た」というのはドストレートにやばすぎる。もう私が死んでいたらそこら辺に埋めて公にしないでくれ、という遺言をフリーザーバッグに入れて（汗対策）胸ポケットに忍ばせておくしかない。

そう、コミケは死人を出したことがないのだ。「『テニスの王子様』は死人を出したことがない」ぐらい驚きだが、あれだけの人が集まるイベントにもかかわらず大きな事故は起きてないという。もしくは出ても、そこら辺に埋められて公にされてないかだろう。

それだけ、統率のとれたイベントに私の死如きでケチをつけるわけにはいかない。何事も自信がないなら、行くべきではないのだ。


オタクとして何かを断念する理由は、大体金だ。

特にガチャに関しては金以外何もいらないと言っても過言ではない。だから推しを手に入れられなかった時の反省会は一瞬で終わる。「金が足らなかった」だ。

そして、なぜ金が足らなかったかというと私の稼ぎが悪いからだ。

つまり、忘れもしない今年（２０１７年）３月、ＦＧＯのガチャで土方さんを出せなかったのは「私の社会的地位が低かった」からである。

つらすぎる。

昔は、ゲームの中というのは平等だったはずだ。リアルの世界では、小学校のグラウンドからできるだけキメの細かい砂を抽出し、泥ダンゴにまぶすのが仕事だった私でも、ゲームの中では勇者だし、世界を救いまくっていた。

それが、ソシャゲのガチャの世界では、リアルで泥をこねていた私がゲームの中でも泥をこねてできた団子に「土方さん」と話しかけている状況なのである。

リアルで感じる不甲斐なさを、そのまま二次元でも感じなければいけないのだ。

この「金問題」は一生ついて回るだろう。しかし、最近では「体力問題」も、後方から砂埃をあげて迫ってきているのである。

もちろん「死ぬまで二次元の男のことで一喜一憂したい」と思っているし、理想は、マッドマックスの武装ババア集団のように、バイクで各種イベント会場にかけつけることだ。

もちろん現実はそうはいかないだろう。しかし体力がなくなり、足腰が立たなくなっても、ネットでｐｉｘｉｖは見られるし、ガチャは指が1本でも動けば回せる。さらに一人きりでできることなので「年甲斐もない」と他人に笑われることもない。

このように二次元趣味というのは、加齢の影響を受けづらいと思われがちだが、それは先人から言わせると「スイート」らしい。

なくなるのは体力だけではない。では気力か。それも近いが少し違う。

「性欲」である。

断っておくが、二次元趣味のある人が全員キャラクターを性的な目で見ているわけではない。

ただ、私は見ている。すごく見ている。

よって、これは1匹の二次元性欲メスゴリラの話だと思ってほしい、他のゴリラさんには関係ない。

今現在、私が「このキャラいい」と思ったら大体98・7％の確率でそのキャラのエロ創作を探してしまう。つまり「このキャラ好き」という気持ちには性欲が多分に含まれているのである。

よって性欲自体が加齢と共に衰えると、好きの割合が減る。例えば50％性的な目で見ていたとしたら半分しか「好き」が残らないのだ。つまり「興味半減」である。もちろん人によってはもっと減る。

しかもこれは、今までキャラを性的な目で見ていないと思っていた人にさえも起こるという。

趣味の終焉というのはこの「興味がなくなる」ことである、これぱかりは金があろうが体力があろうがどうにもならないのだ。

そうは言っても、これらは先人からの伝聞で、今現在二次元性欲マウンテンゴリラZである私には想像がつかないし「そんなことあり得ない。80過ぎてもｐｉｘｉｖで推しキャラのエロ絵を探している」とさえ思っている。

結局失わないと今あるものの価値などわからないのだ。

よって、今あり余っているＳＹ（性欲）の火が消えないうちに、１回でも多くｐｉｘｉｖで「推しキャラの名前Ｒ－18」と検索ボックスに叩き込み、「検索」を「これが最後」ぐらいの覚悟で、押していこうと思う。

人生で
大切なことは、
みんなガチャ
から教わった

先日ツイッターで「無職男性がＦＧＯで親の金を１３０万溶かした」という新聞記事を見た。

この記事を通じて新聞が我々に何を伝えたかったかというと「自分の金でガチャを回している奴はもっと評価されるべき」ということである。

経済的限界から、ガチャで推しを出せずに己の不甲斐なさを嘆く日々である。しかし、その記事はこう言って肩を叩いてくれた。

「今溶かした金をよく見てみろよ（もうないけど）。手前の金じゃねえか、と」

そうだ、確かにお前は負けた。

だが、最後まで一人で、自分の武器で戦い抜いたではないか。弾がなくなったからといって、他人の銃を奪わなかった。それだけは誇れ。他人から見ればお前はただのソシャゲで有り金全部溶かした人だ。ならせめて、手前が自分の戦いを「承認」してやれよ、と。

「努力が評価されるのは義務教育まで」

よく言われる言葉だし、確かにそうだ。しかしこれはあくまで世間の評価だ。

自分だけは一生自分の努力を認めていいのだ。

お前の頑張りをお前が認めてやらなくてどうする、なぜ責めるのだ、と。

要約するとこういうことを言いたかったのだと思う。

貴重な紙面を割いて、心折れかけたソシャカスにエールを送ってくださったこの新聞社には感謝の言葉もない。


この記事を見て「自分はまだマシ」とか「反面教師にして課金を控えよう」と思うのは正しい読み解き方ではない。「自分は自分で思っているより優れた戦士（ウォーリア）だったのだ。これからもそれに恥じない戦いをしよう」と「決意を新たにする」のが正しい。

だがこの記事の男性が三等兵かというと、そうではない、見習わなければいけない点はある。

それは「理性のなさ」だ。

ガチャにおいて「理性がある」というのは弱点でしかない。

少年漫画で伸び悩む主人公が師匠に「お前に足らないものは勇気だ」と言われてしまうのと同じだ。

つまり「お前には理性が足りすぎている」ということなのである。

ガチャというのは出るまで回せばかならず出る。

しかし理性のある人間はブレーキをかけるし、あればあるほどかけるのが早い。

それに１３０万という額だが、さすがに私もＦＧＯだけに１３０万は使ってないし、なんだかんだでブレーキをかけてしまったから、今、土方さんがいないマイルームで森田童子を聞いているのだ。

自分の金でさえそれなのに、親の金でブレーキを踏まないというのは相当理性がない。ＦＧＯで言うならバーサーカータイプだ。

ちなみに私がブレーキを踏んでしまったがために手に入れられなかった土方さんもバーサーカーだ。

ここで、土方さんのプロフィールを公式から引用してみよう。

「戦いにおいては悪鬼の如き荒々しさと戦術家としての理性的な面を併せ持つという稀有なタイプのバーサーカー」

かっこよすぎて、頭がおかしくなる。頭がおかしいくせに何故ブレーキを踏んだかというと、頭がおかしいから踏んだのだ。正常だったら出るまで回すはずだ。

そして、この親の金を130万溶かした彼は、親のクレカを限度額まで使うという理性のなさを見せながら、その明細を親が受け取る前に回収し、発覚を遅らせるという知性的な部分も見せていたという。


よって、この男性「属性は土方さんに近い」のである。

もちろん、他は全部違うが、一つでも土方さんと共通点を見つけたというのは、油田を1個掘り当てたのと同じだ。

つまり、この記事からわかることは「物事は、多方面から深く読んでいかないといけない」ということである。

ソシャゲをよく知らない人がこの記事を読んだら「ソシャゲは怖い」「規制すべき」「現代病」というマイナスなイメージを抱くだろう。

しかし、ネガティブな部分のみ切り取った記事を見てネガティブなものだと決めつけるのは早計である。他の意見を読んだり、同じ記事でも深く読むことにより、違う面が見えてきたり、油田が発掘されたりするのだ。

情報過多社会だからこそ我々の「読む力」が試されているのである。

よって「怖い」「大金を失う」というのもソシャゲの一面だが「楽しい」「タダでできる」という面もあるのだ。

よって、恐れず、ソシャゲに悪いイメージを持っている人も、ソシャゲを始めてほしい。

そして「怖い」面を身をもって知ってほしいと思う。何事も体験なくして理解なしだ。

惰性で課金するくらいなら、死んだ方がマシだ

課金にキレがねえ。

もちろんしていないわけではない、息をするようにしている。

だがその課金を一言で表すなら「残尿」だ。

もっと、ナイアガラからの血尿、そしていきなり一滴の漏れもなくピタッと止まる、そんな尿道括約筋の躍動を見せつけるようなダイナミズム溢れる課金をしていない。

前にそんな「ＳＨＯＷ」をしたのは、忘れもしない3月の「ＦＧＯ土方歳三ガチャ」である。

あの時は血尿どころか赤玉まで出てくるイリュージョンぶりだった。

その時の傷は塞がるどころか、日に日に腐ってきている。

その後悔はもちろん「なんであんなに回してしまったのか」ではない。「なぜあの程度で回すのをやめてしまったのか」である。

あの時は「出し切った」と思った。しかし、まだ空気とか出せたはずである。股間から空気が出る＝吹き矢を飛ばせる＝風船を割ることができる（推しが出せる）などという方程式、未就学児でも知っている。

自分が6歳児以下だったせいで、今もそれを嘆き続けているのだ。

それ以来、最初言った通り課金に気合というものが入っていない。

キンプラ（KING OF PRISM－PRIDE the HERO－）冒頭のヒロぐらいダメだ。

このキャラ一応欲しいからとりあえず回してみよう。出なかったのでもう1回回そう、結局出なかったが、そこまで欲しいわけではないので、ここでやめよう。そんな惰性の課金ばかりである。

そんな、土方ショック以来の尿漏れ課金がいくらになっているか全然計算してなかったので改めて数字を出してみた。

16万３０８０円である。

多いか少ないかはおいておいて、３ヶ月ぐらいで26万使っていたのに5ヶ月で16万というのは明らかに「失速」である。

これは昔一緒にケンカに明け暮れた親友《なかま》に「お前、丸くなったんじゃねえの？」と言われてしまうやつだ。

さらに、その課金明細がまた美しくない。

課金明細というのは「9800円」というような、1回につきの最大課金額が短時間で10個ぐらい並んでいるのが「いとをかし」とされているのだ。

それが、今回の私の課金明細は「1200円」とかが3つぐらい並んでいたりするのである。

往生際が悪い上に、常にブレーキに足を置いているというダサすぎる走りだ。

「120円」なんて見た時には「貴様はもう車を降りろ」と思った。

スタイリッシュ課金アクションが全然できてない。反省しきりである。しかし、もう一度最高のSHOWを見せるには、舞台が必要なのだ。

つまり、もう一度、土方歳三ガチャをやってくれるか、それに匹敵するほど欲しいキャラが現れないと、私はこのトウシューズを履くことができない。

先日、某国から発射された危険物体が日本の上空を通過した。

そのニュースを聞いて、様々な思いが胸に去来したが一番に思ったのが「今日にでも土方ガチャをやってくれ」だった。

不謹慎で申し訳ないが、私には皆から集めた元気で危険物体を破壊する能力はないのだ。

だからそういうニュースを聞くと、いかに悔いを残さないかを考えてしまう。

昔老齢のドラクエユーザーが「早く続編を出してくれ。私がいつまでも生きていると思わないでほしい」と言っていた記事を見たが、その気持ちがよくわかる。

死ぬ前にエベレストに登りたいとかだったら、それに向かって何らかのアクションが取れるだろうが、ガチャやゲーム発売のように徹頭徹尾「待つ」しかできないこともあるのだ。

よってFGOは私がいつまでも生きていると思わず、早くガチャを開催してほしい。

ちなみに、ズボラな私が課金額を大体でも把握できるのは明細が記録されるデビットカードを使っているからだ。

ソシャカスにとって課金を現金でするか、カードでするかは、打ち上げ花火をどこから見るかよりよほど重要である。

現金でする場合は、グーグルプレイカードなどを店舗で購入し、そのカードに書かれている番号を入力して課金する。

まあ面倒である。ちなみに、番号部分は銀で覆われているので、それを硬貨などで削らなければいけないのだが、それを剝がす時の自分ときたら、ブラのホックを外そうとする童貞ぐらい落ち着きがない。

硬貨を出す時間すら惜しく、全然剝がせないのに、爪で永遠にカリカリし続けてしまったりする。周りに人がいたら、両肩を摑まれて「落ち着け」と言われる状態だ。

だが、面倒ゆえに、課金の抑止力になるし、何より現金なので、今持っている以上はなくならない。

今ない金が使える上に、忘れた頃に請求が来るのもクレカの怖いところである。

私は間を取ってデビットカードを使っている。カードを買いに行く手間がなく、これも銀行口座に入っている額以上は使えない。

何より、リアルタイムで口座から金が消えるのがいい。

鉄は熱いうちに打てというように、金も頭が熱いうちに失った方が良いのだ。

許す

〜土方歳三への道　その1〜

許す。

何を許すかはわからんが、もう今までのことは全部許す。

何故なら、土方さんが出たからだ。

土方さんがわからない人間はもう今世はダメなので来世に期待しろ。ソシャゲ「Ｆａｔｅ／Ｇｒａｎｄ　Ｏｒｄｅｒ（ＦＧＯ）」のキャラクター「土方歳三」だ。

今年（２０１７年）３月期間限定でガチャに登場し、それを入手できなかったことにより私は完全な「何故うちに土方さんいないかｂｏｔ」と化した。

「何故出るまで回せば１００％出るのに出せなかったのか？」。怒りと悲しみは純粋な疑問となり、半年私を苛み続けた。

そう、半年経っていたのだ。土方さんが出なかった日から今までの記憶が「坂田金時が出た日」以外ないので、気づかなかった。

時は経つし、この不安定な社会情勢、明日が必ず来るとは限らない。よって前回のコラムで「私がいつまでも生きていると思わず、早くもう一度土方歳三ガチャをやってくれ」と書いた。

そしてその記事が掲載された翌日、マジで再度ガチャに土方さんが登場することが発表された。

嬉しい。だがそれと同時に半年前の悪夢がよみがえって全身が震えた。完全なＰＴＳＤである。

もちろん、今度こそ出してやる、という意気込みはあった。だがそれ以上に「今回も出なかったらどうする？」という思いが去来した。

どうする？　と言われたらもう、引退を超えて「死」である。少なくとも病院ではなくホスピスに収容されるレベルだ。

待ち望んでいたはずなのに、いざやってくると恐怖する。矛盾しているように見えるがオタクには割とよく起こる現象だ。だから好きなジャンルのことを「沼」と言ったり、推しカップリングを前に「しんどい……」とかつぶやいたりするのだ。中には「てめえらいい加減にしろ」と怒り出す者もいる。オタクというのは一生更年期障害なのだ。

特にガチャというのは、情緒不安定に加えて「金」という、もはや趣味だけに収まらない問題に発展するので正気を保つのが難しいのだ。

土方さんガチャが始まらなければ、そもそもＦＧＯに土方歳三が登場しなければ、こんな思いはせずにすんだ。桜がなければ春のこころはのどけからましなのだ。北斗の拳のサウザー様が何故「こんなに苦しいのなら、悲しいのなら……愛などいらぬ！」と泣いたのか、今ならよくわかる。

ならば、今回のガチャは不参加どころかＦＧＯ自体引退、今すぐスマホをバイオゴリラに粉砕させれば私は幸せになれるのか。


多分死ぬまで後悔するだろう。むしろ走馬灯の主な内容がそれになってしまう。

このように、オタクの生活というのは一喜一憂が過ぎて、疲れてしまい、残念ながら「引退することでやっと楽になれた」と言う者も少なくはない。

それはそれでいい。だが私はまだ諦めることで楽になれそうにはない。楽になろうと思ったら眉間を鉛弾で一発など、物理的に楽になる他ない。

つまり「土方歳三を出せなかった悲しみは、土方歳三を出すことでしか癒せぬ」のである。

それに11月には私の誕生日が来る。

何故いきなり手前の誕生日のことを言い出したかというと、誕生日にはその日だけ、キャラが祝いの言葉を言ってくれるのだ。

もちろんインターネッツのある情報化社会である。自分がそのキャラを持っていなくても、動画など漁れば、そのボイスを聞くことはできるだろう。

しかし、それは他人の土方さんが他人の誕生日を祝っているに過ぎない。私の誕生日を祝ってくれる私の土方さんはこのガチャで出すしかないのだ。

私も今年で35歳である。

日本の女というのは30過ぎると「誕生日おめでとう」に対して「この年になったらおめでたくないわよ」というリアクション以外法律で認められていないのか、というぐらい誕生日がおめでたくなくなるのが早い。

しかし、土方さんに「おめでとう」的なことを言われたら「マジでおめでたいです」としか言いようがない。

何故年に一度の俺様が生まれた日に他人を小笑いさせるためだけの自虐をかまさねばならぬのか。ダブルピース、ジャンピングダブルピースこそが正しい。そのためには11月に、私のスマホに私の土方歳三がいなければいけないのだ。そうすればトリプルピースは堅い。彼が出てきてくれさえすれば手ぐらいもう一本生えてくる。

よって確かに、土方ガチャが開催されると聞いて「怖い」と感じた。しかし同時に「回さない」という選択肢はなかったのである。

実は今回、土方さんが出た瞬間までの話をするつもりだが、圧倒的に尺が足らなくなった。こんなに文字数が足りないのはキンプリレビューを書いた時以来だ。

よって「次回へ続く」だ。次回を待っている人間がいるかは関係ない。誰も聞いていない話を勝手に始めて、誰もいなくなっても最後まで話すのがオタクだ。

そして覚えておけ。「次回で終わる」とも言っていない。

推しの正しい愛し方

～土方歳三への道　その2～

前回までのあらすじ。

ソシャゲ「Ｆａｔｅ／Ｇｒａｎｄ　Ｏｒｄｅｒ（ＦＧＯ）」にて最推しかつ、歴史上の人物の中で最愛である「土方歳三」が出るガチャが始まると聞きつけ、私はすぐさま対策本部を設置。「出るまで回す」という綿密な作戦を立てた。

島津藩かよ。

そう思ったかもしれない。確かに土方さんを出すための兵（福沢諭吉）は全員討ち死にしていいと思う。出さえすれば何人死んでも、頭上で指を交差させ「よく死んだ！　よく死んだ！」だ。

しかし、全員死んだら、戦は終わりだ、他所《よそ》に援軍は要請しない。

つまり私の「出るまで回す」というのは「ガチャに使える限界の額まで出るまで回す」だ。

他に使う予定の金に手をつけたり、借りたりまではしない。

そう言うと「貴様の決意と推しへの愛はその程度か」と思われるかもしれないが、これは他でもない推しのためだ。

「電気水道止められてもいいし、しばらく公園の砂を主食にする。借金したとしても働いて返せばいい、推しのためなら苦ではない」

その決意は、その瞬間は本物である。何故か知らないがオタクはそういうところがある。

しかし、人の心は弱い、特に私は弱い。いとも容易《たやす》く「貧すれば鈍す」のだ。

最初は大丈夫かもしれないが、貧しく不便でみじめな生活があまりに続くと、人は心が荒む。そしてよく揉んだダンボールとかを齧りながら「あの時、ガチャ回したからこんなことに」と後悔の念が生まれてしまうかもしれないのである。

「推しが出るまで回したせいで推しへの愛が揺らぐ」。本末転倒だ。

推しを正しく愛すには、まず自分が人間らしい生活をしていなければいけない。


よって破滅はしてはならぬ。

「金の切れ目が縁の切れ目」、こんな悲しい言葉を「土方歳三」に使いたいのか。そんなものは三次元の声が櫻井孝宏や諏訪部順一じゃない野郎にでも痰と一緒に吐いとけば良い。

望むのは「快勝」以外ない。

「推しは出たけど、月末の支払いどうしよう」みたいな、しみったれたことは言いたくない。

「土方さんを出すための金で土方さんが出るガチャを回して土方さんが出た」

つまり「当然のことをやってのけただけのこと」、そういう顔で終わりたいのである。たとえそれが遺影に使われる顔だったとしても。

というわけで「土方さんを出す金」だが、まず課金専用口座に5万ほどあり、あとお祖母ちゃんにもらった現金が10万ほどある。

この金は「私のコラムが新聞に載った祝い」という名目でもらったが、それにしては大金だ。最近めっきり老け込んだババア殿なりに他に思うところがあったのかもしれない。

私は推しのガチャがあるたびに「こいつを使ってやる」と思ってきたのだが、結局使えず、随分な月日が経ってしまった。

逆に「土方さんにも使えぬ金を、一体何にだったら使えるというのだ？」という気がしてきたので、これも予算に入れる。

あと、ちょうどガチャ期間内にＦＧＯの同人誌即売会があり、そこで他でもない土方さんの本を売るので、微々たるものだろうが、その売り上げも入れる。

ＦＧＯは、ガイドライン内なら二次創作を容認してくれているので安心だし、その中に「持ってないキャラは描くな」というのがなかったことを神に感謝している。

ちなみに「持っていないキャラは描くな」は、ＦＧＯをはじめとする二次創作界隈で実際にある主張らしい。

実際言っている人を見たわけではないので、何故このような主張に至ったかはわからないが「キャラを持っていないと、キャラへの解釈が薄く『わかってない』ものができる」「持ってないということは『出るまで回さなかった』。つまり、それほどそのキャラに対して愛があるわけではない」ということだろうか。

そんなことはないのだが、やはり持っていない以上持っている人間にそう言われると、強く反論できないのも事実だ。

しかし、画力というのは暴力なのだ。

腕力が強い奴に殴られた方がより痛いのと同じように、画力が高い奴が描いた絵というのはそれだけで攻撃力が高い。そのキャラを持っているとか、持っていないとかあまり関係がない。

もちろん「絵はそんなに上手くないのに気づいたらメチャクチャダメージを受けてる」というう、スタンドで殴ってくるタイプの作品も多数あり、それはひとえにキャラへの愛と深い解釈のなせる業だったりする。

しかし素直に、レベルを上げて物理で殴ってくる絵も強いのである。

そういうゴリラ絵師を見ると「とりあえず全然知らなくていいから、土方さんを描いて俺を撲殺してみないか？」と思う。

つまり自分が「持っていないキャラは描くな」と主張してしまったら、そういう神絵師が推しを描いてくれる可能性が減少することになりかねない。

拙者にはそんな、自分で自分を兵糧攻めするマネは無理だ。


結局、ガチャを回すところまでいかなかったし、話も逸れた。

このように、推しの話になると、話が長い上に理屈くせえという、オタク以前に人としてどうか、という状態になってしまう。

逆に一貫して泣きながら「尊い」しか言わないオタクは性質のいいオタクなので、石を投げてはいけない。むしろビスケットの1枚でも握らせてやるべきである。


ともかく予算は15万強だ。だが、結論から言っておこう。

「それ以上回した」

そして、早朝に4万が消えた

～土方歳三への道　その3～

前回までのあらすじ。

ＦＧＯのガチャで土方さんを出す金を15万用意し、それ以上使った。

右記のような結論が出ているにもかかわらず、話がまだガチャを1回も回すところにすら行っていない。

回す回す詐欺と思われそうだが、実際ハチャメチャに回しているので心配しないでほしい。ともかく15万用意した。

他のソシャカスが、どんな気持ちで、何様のつもりで、そんなにガチャを回しているのかはわからないので一例と思ってほしいが「推しを出すために○○万用意しました！」と豪語はしても、正直それを使い切るなんて夢にも思ってないのだ。

案外あっさり出るのではと思っているし、少なくともそれ以内で出せると思っている。

だが前回の土方さんガチャ、1回目の坂田金時ガチャで「予算を全部使い切って出ない」という体験を2回もしている。

当初の余裕から、予算を半分ぐらい使ったあたりで「まさか？」という焦りが芽生え出す。

そして最後の1回、どういう気持ちかというと「嘔吐」である。

もはや感情ですらない、物理だ。

車酔いや体調不良の時とは違う、選ばれし者にしか吐けぬ「課金ゲロ」である。

15万も用意して、余裕はあったものの、またあのゲロを吐かねばならぬのかと想像すると正直回すのが怖い。

しかし、虎穴に入らずんば虎子を得ずである。回さなければ出ないのだ。虎穴に入らなければ虎に食い殺されることもなかった、とも言えるが、回さなくても結局後悔するのだ。死ぬか？　それとも死ぬか？　の選択肢でしかない。死因が違うだけだ。


そして土方さんが出てくるガチャは9月15日夜0時からだ。

日付が変わった瞬間回した、と言いたいところだが、その前日「土方ガチャ開催」の報を聞いて眠れなかったため、土方ガチャ開催の時刻まで起きていられぬ、という本末転倒が発生していた。

しかし、ガチャは早く回せば良いというものではないし、開催期間は何日もあるのだ。その日は大人しく寝ることにした。

そして、翌朝4時に目が覚めた。

遠足の日ですら、こんな時間には目覚めなかったと思う。オタクの人生にはいくつになっても7歳児のようにエキサイティングな日があるのだ。

布団の中でFGOを起動させると、確かにガチャラインナップに土方さんがいた。夢ではない。しかし手に入れないことには夢と大差ないどころか悪夢だ。


どうせこれ以上眠れそうになかったので、そのまま回すことにした。

予算15万の前に、すでに100連以上回せる石がある。

「石がある」と言ってもそこら辺に落ちていたわけではなく、それも以前買ったものであり金額にすると2万ぐらいだ。

正直、新規課金することなく、これで出てしまうのでは、という気持ちがあった。

100連でも大した回数だ。平素そんなに回すことは滅多にない。


誤解されては困るが私はソシャカス以前に萌え豚である。このキャラ強いからとか、ましてレアリティが高いから、という理由でガチャを回したりしない。

ブヒれるか、否か。

それが全てだ。「ガチャは股間で回す」。それを忘れて指とかで回し出した日には、通院を真剣に考えたいと思う。

そして結果から言うと、ノー土方で瞬く間になくなった。

他のレアリティが高いキャラは出たような気もするが「土方ガチャは土方さんが出る以外全部爆死」という国際ルールがあるので、よく覚えていない。

「まだ吐く時間ではない」

私の中の仙道彰がそう言っている。しかし前回もこういう流れで結局出なかったのだから、当然「出ない」という可能性を考え始める。

しかし、やめるわけにはいかない。ここからは予算から手出しだ。まず、1万、そして2万、だが出ない。

早朝、オフトゥンからすら出ることなく、金額にして4万消えた。ちなみにその日は平日で、あと数時間したら会社に行かなければいけない。会社の日給は1万以下だ。

実は早朝、日給以上の金を溶かし、出社するということをしたのは一度や二度ではない。よく正気で出勤できるなと思うが、正気じゃないから行けたのかもしれない。

このあたりまで来ると、とある疑念が湧いてくる。

「この中に土方さん入ってんのか？」と。

大人は巨大な馬鹿である

～土方歳三への道　その4～

「この中に土方さん入ってねえんじゃねえの？」

早朝ガチャで4万溶かし、これから日給1万にも満たない会社へ行かなければいけない戦士（ウォーリア）が立てた、一つの仮説である。

これは大きな恐怖だ。金塊が埋まっていると信じて穴を掘っている時はいい。しかし一度、「何もないのでは」という疑念が浮かぶと、掘り進むのが途端に怖くなる。ここでやめるべきなのでは、という考えさえも浮かんでくる。

つまり、祭の露店のくじ屋で、おとりとして出されているゲーム機などの豪華賞品に釣られ、延々と当たりの入っていないくじに有り金を溶かし続け、謎の紙製おもちゃを大量ゲットしているキッズに逆戻りしていないかということである。

キッズというのは大なり小なり馬鹿だ。

知識、そして経験がないのだから当たり前だ。むしろ馬鹿をやって知識と経験を得ていくのである。

飲み込みが速いキッズなら、このくじ屋の時点で「このようなものが当たる確率は極めて低く、そんなものに財を投じるより、確実に入手できる、もっと有益なものに金を使うべきだ」と学ぶのだ。

そして今、1ミリも飲み込めなかった元キッズ現中年がここにいる。

当たりが入っているのかもわからないガチャを大量に引いて、あのビロビロ伸びる謎の紙玩具という名の低レアカードを大量ゲットしているのだ。

「まるで成長していない」

今多くの人間が安西先生になっていることだろう。だが否である。私は子供ではない、大きく成長したのだ。

何故なら「まず子供は4万も溶かせねえ」。

石油王の子供はどうか知らないが、私が子供の時は4万なんて金はまず持ってない。持ってない金は溶かせない。しかし私は4万持っていて、それを数十分で溶かした。それは何故か。

中年だからだ。

中年だから、大人だから、前哨戦、否、戦果を祈る奉納の儀として、土方歳三の御霊に4

万捧げることができたのだ。子供だったら、この勝利への布石さえも配置できなかった。危ないところであった。

それに、いくらこらえ性のない子供でも、手持ちの現金が尽きたら諦めるはずだ。何故なら子供は弾を得る術を持たぬからだ。

だが中年は違う。たとえ手持ち現金、口座の金が尽きようとも、クレジットカード、リボ払い、キャッシング、隠し剣 鬼の爪が山ほどある。

大人になると「ない金を溶かせる」という異能力に目覚めるのだ。存在しないはずの弾を発射できるのである。

つまり、今そこにない金でガチャを回す我々は全員「魔弾の射手」だ。

ただし、7発中6発どころか、百発百中狙ったところに当たらないこともあるので「悪魔に魂を売っている」こと以外、ドイツ歌劇との共通点は特にない。

子供は基本的に馬鹿である。では大人になると賢くなるのかというと、皆そうというわけではない。

巨大な馬鹿になるのだ。

類義語としては、そびえ立つクソである。

世の中の事件を見てほしい。たまに未成年がやらかしていることもあるが、大体、成人後のスケールのでかい馬鹿とそびえ立つクソばかりが登場してくる。

大人になると子供の時は与えられてなかった、自由や権利という武器が無条件に与えられてしまうため、やらかす時の規模が子供の比ではないのだ。まさに「馬鹿が戦車でやってきた」のである。

しかし、馬鹿のままでかくなるのも悪いことだけではない。

何故なら「大きいことはいいこと」であり「大は小を兼ねる」からだ。つまり小さいことは大きなことで内包できる、ということである。

つまり私は、朝から4万溶かしたという小さな事実と、土方さんが本当に入っているのかという僅かな恐怖を、この巨大さで飲み込むことに成功したのである。

私がキッズや、スケールの小さい馬鹿、日和山ぐらいのクソだったら、この時点でキャパオーバーを起こし、土方歳三を断念していたかもしれないし、安西先生も「諦め切れなくても、試合は終わりだ」と、その時点でミッチーがグレることを言っていたかもしれない。危なかった。

当たりの出ない露店のくじに「こんなものに金を使うべきではない」と学んだキッズもいるだろう。だが学びというのは常に一つではない。国語から語学を学ぶ者もいれば、道徳を得る者もいるのだ。

私は、約30年前のあの日「当たらないなら、ここにあるくじ全部開ければいい」。つまり「出るまで回す」をすでに学んでいたのである。

だが子供の時は、必勝法を得ても実践する資本がなかった。

しかし今は違う。私は中年で、巨大なのである。

少なくとも4万如きで諦めたり、試合を終了させないぐらいにはでかい大人になった。

9月15日　午前6時。

諦めてないから試合続行である。

俺たちの土方ガチャはまだ始まったばかりだ！

～土方歳三への道　その5～

この土方ガチャの話、書籍収録の都合などで「大体15話まで」と言われている。

だから、尺を稼ぐために一向に話が進まないのだな、と思われているかもしれないが逆だ。15話で終わらせろ、というのは、つまりダイジェスト、日曜洋画劇場、金ロー版ぐらいでしか語れない、ということだ。

慎重に話を進めないと、土方さんが出る前に話数が尽きて「俺たちの土方ガチャはまだ始まったばかりだ」で終わってしまう。

ともかく、土方ガチャ初日、早朝6時前、布団の中でNO土方のまま4万溶かしたが、不屈の精神で戦闘を続行することにした。

しかし、とりあえずガチャはやめて、起床することにした。

仕切りなおしとかではない。夫の弁当と朝食を作らねばならないからだ。

世界観が違いすぎる。先ほどまでスピルバーグの世界にいたのに、突然、小津安二郎だ。

だが、それらの世界に優劣や関係があるわけではない。さっきスピルバーグで4万消えたから、小津も滅べ、というわけにはいかない。

私はスピルバーグ宇宙でドッカンドッカンガチャを回しつつも、小津家庭で弁当を作らねばならない。

夫とも顔を合わせた。ついさっき、隣で寝ている妻が布団の中で4万消滅させたとは夢にも思うまい。だがそれを顔に出すわけにもいかないのだ。

夫とて、外や仕事で、耐えがたきを耐え、忍びがたきを忍び、時には吐くほどの屈辱を味わうことだってあるだろう。

しかし、未だかつて夫が泣いて帰ってきたことがあるだろうか。

それと同じことである。

「これは俺の戦いだ。家族を巻き込むわけにはいかない」

よって、夫の前で泣いたり吐いたりするわけにはいかないし、まして今、起こった出来事を話す、などということはしない。夫の方が吐く恐れがある。

もし、夫の稼ぎを溶かしたというなら、小津世界にデス・スター乱入もやむなしだが、まだその域ではない。

安心しろ、俺は俺の力でこの戦いにケリをつけ、ここに戻ってくる。お前は、俺の作った腐りがちな弁当でも食って、この世界で待っていろ。

私は所要時間10分で弁当と朝食を作り、心でそう夫に誓うと、Xウィングに乗り込み、寝室に戻った。もう一度戦うため、そして二度寝のためだ。

何故なら結婚以来、夫の起床時間は徐々に早くなっている。別に出社時間が早くなっているわけではないので、正直、私はそんなに早く起きる必要がないのだ。

しかし、夫が起きて洗濯物を干したりし始める手前、自分が起きぬわけにはいかず一緒に起きていたのだが、段々それが早くなり結婚当初より1時間ぐらい早くなったため「もうお前のスピードについていけねえ」と少年漫画の凡人キャラ状態になり、潔くやることをやったら二度寝することにした。

よって、一旦、ベッドに戻るのはいつものことである。しかし今日は眠らぬ、眠ろうにも眠れぬ。何故なら私は、もう一度戦うために、ベッドに戻ったからだ。

ベッド、戦、というとセックスを連想すると思うが、こういう戦もあるのだ。

否、一たびガチャを回し始めたら、明け方の街だろうが桜木町だろうが、そこが戦場となり、ここが新撰組なのだ。

one more time one more chance.

私はもう、マイルームの隅とかに土方さんの姿を探したくない。

ベッドの中で、私は、弾の尽きたＦＧＯにさらに1万分のガチャを回すための石を補充した。


一瞬である。もうこの石は1万円には戻らない。土方さんか、それ以外になるしかない。

金を得るには長い時間がかかるが、使うのは瞬く間、とはよく言ったものだ。

使っているのは金だけではない。それを得るためにかけた時間すらも使っているのだ。だからこそもっと有意義に使えと言われるかもしれない。

だが、この金で米や味噌を買えば褒められるのか。よしんば褒められたとしても、貴様は己の金の使い方を他人に褒められるために生まれてきたのか。

少なくとも星野貴紀でしゃべる米や味噌はない。あるなら一報されたし。トン単位で買う。

だがこのように、今でこそ当時のことを冷静に述懐できるが、正直、当時はすでに結構ヤケクソであり、ＦＧＯで言うとバーサーカー状態だった。

土方さんもバーサーカーだが、私はもう言葉が通じない系であり、多分その時話しかけられても「■■■――!!」しか言わなかったと思う。

よって、その５万目あたりから、もはや画面を連打であった。

そうすると、ガチャの演出はスキップされ、引いたカードが一瞬で画面に表示されるのだ。

何十連目か、何連打目か、何万目か、もはや忘れた。

しかしその時確かに、私の指が画面に触れた瞬間、土方さんのカードが画面に現れたのである。

息、心臓、時間、私の機能が全て停止した。

だが代わりに北からミサイルが発射された。

推しは出た瞬間黒字

～土方歳三への道　その6～

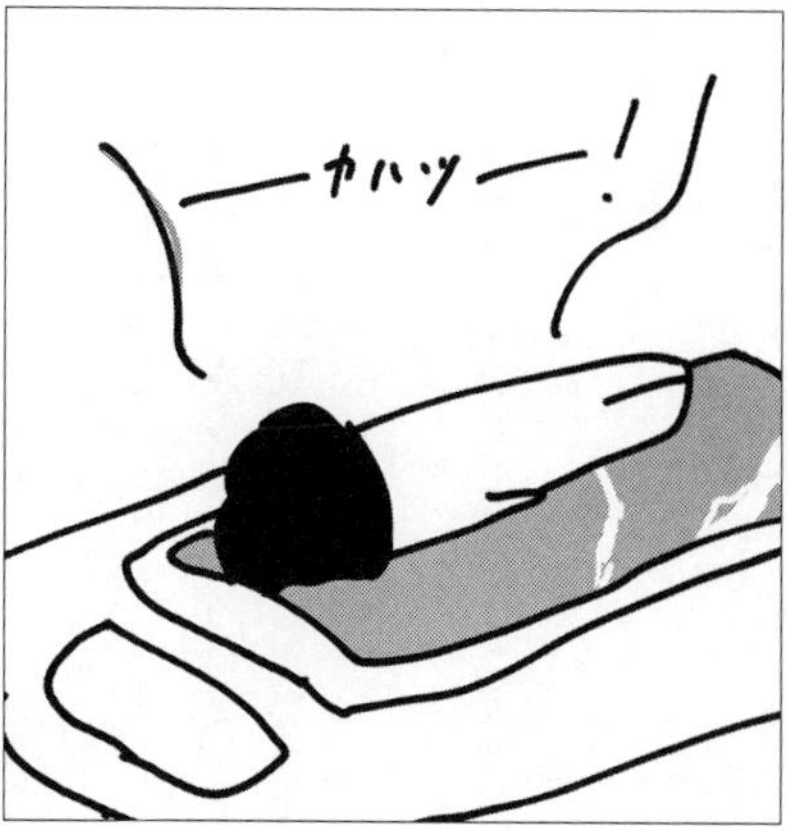

土方さんが出て、北からミサイルが発射された。

おそらく、その朝10分以内で起こったことである。

画面を連打していたため、何の演出も、クッションもなく、土方さんは本当に突然現れた。

私はそれを見たあと、とりあえずベッドから降り、立ち上がった。

これは、即死したヤツが死んだことに気づかず、ちょっと歩いたりしちゃうのと同じだ。よって、次の瞬間私は、自分が死んだことに気づき、ベッドに再度倒れ、激しく震え出した。

震えというより痙攣に近かった。

西野カナがこんな震え方をしていたら、若者の支持は得られなかったし、レコ大とかにも無視されただろう。

叫びたかった。

だが、何度も言うが早朝、6時か7時頃である、黙示録のラッパ音かよ、というような奇声をあげるわけにはいかない。地上の3分の1と木々の3分の1と、全ての青草が焼けてしまう。

よって喉で叫んだ。

言いたいことは全部言っているし、叫びたい時は叫んでいる、という人間はそもそもここには来てないと思うが、音は出せないがどうしても叫びたい時、私は喉で叫ぶ。喉で叫ぶとどうなるか、力強く熱い空気が出る。

もちろん呼吸とて音がないわけではない。よってその叫びも、限りなく無音だが、あえて音にすると「――――ツカハァ――――……」である。

早朝、中年女性がベッドに倒れ激しく痙攣しながら「――――ツカハァ――――……」だ。

事件である。救急車よりもパトカー案件だ。しばらく本当に動けなかった。

そしてしばらくして、やおら起き上がりこう思った。

「いいの？　もらっちゃって」と。

先ほどまでの「すでに4万も使ってしまった」という思いは一瞬で消えていた。逆にこんなに容易く出ていいのか、全プレではないか、と恐縮しきりである。

「推しは出た瞬間無課金」

私が学会に提唱し続けた理論が見事実証されてしまったが、その3秒後私はその論文を破り捨て洟《はな》を擤《か》んでケツを拭き、下水に流した。

「推しは出た瞬間黒字」

これが新しく提唱かつ実証された、新説であり真実である。

冷静に考えて、推しが出たのにプラマイゼロなどということはまずありえない。推しは常にお値段以上、家具屋にできることが俺様の推しにできないはずがないのだ。

それも、粉飾を疑われてもやむなしの大黒字であり、明日税務署が来てもおかしくないし、追徴課税も待ったなしだ。

今日で差し押さえかもしれぬな。

私はまだ20年以上ローンが残っている自宅をしみじみと見回した。だが仕方ない、土方さんが出てしまったのだから、大体のことはもう仕方がないのだ。

「許す」

やっと土方ガチャ1回目の一言が出た。

人は時として、他人の過失どころか幸せまでも許せぬ時がある。

今で言えば、インスタグラマーなどをインスタ蝿などと言って揶揄する向きがある。あからさまな迷惑行為を見た、または無断で写真を撮られ「#珍獣 #UMA」というハッシュタグでインスタに載せられたというなら怒りもわかるし、それはインスタ映えではなくツイッター映えするヤツだ、という憤りもあるだろう。

しかし、そうではなく、特に理由もなくムカつくのであれば、それは相手が流行りに乗って楽しそうだからだ。それに後からもっともらしい理由をつけているだけだ。そして何故腹が立つかというと、自分が楽しくないからだ。

自分が楽しくないから、楽しそうなヤツが全員許せぬのである。

だが、それが普通の人間だとも思う。

ある程度自分に余裕がないと、他人を認めたり優しくしたりなどできない。もし自分が恵まれていないのに他人に施しができる人がいるとしたらそれは聖人寄りの人である。

よって私の心が狭く、許容と寛大の精神に欠け、嫉妬心が強いのは、誰のせいでもなく、私の人生が全編通してパッとしてないから。つまり自分のせいだという自覚があるし、それは今後も変わらないだろう。

だが今日は許す。全てを許す。

何故なら誰が何と言おうと、今日は世界で一番俺様が楽しいからだ。

だから、どれだけ楽しそうにＢＢＱやサンバカーニバルをしている集団を見ても「私ほどじゃないけどお前らも楽しくて何より！」とオープンカーで投げキッスをして去ることができる。

最後まで消し去ることができないという人間の煩悩「嫉妬心」がその瞬間だけ消えた。つまり「解脱」である。

私ことブッダは涅槃のポーズで、やっと手にした悟りこと土方歳三のカードを眺めていたが、出社時間が近づいていたため、とりあえずツイッターで、仏が爆誕したことだけ報告しようと思った。

これは私が喜びを報告する相手がツイッターにしかいないから、ということではない。それもあるが、たとえリアルに友達が100人いたとしてもツイッターにしか言わない気がする。

何故なら、その友人がホンモノであればあるほど100人中123人が心配する話だからである。

多くの者が「へえよかったね」と言いながら距離を置くだろう。その中で「そんなに使って大丈夫？」「依存症とかなってない？」、そう心配してくれる人がいたらホンモノの友達だ。

だがそれは今の私にとっては即行ブロックのクソリプだ。私が欲するものはネット上の顔も名前も知らない人間相手だからこそ言える軽薄な祝福だ。

てめえら、俺を、今すぐ軽薄に軽率に、ペラッペラに祝福しろ。

そう思い、ツイッターを開いたらミサイルが飛んでいた次第である。

今日は死ぬのにもってこいの日

～土方歳三への道　その7～

土方さんが出た。ミサイルが飛んだ。

おそらく両者少なくとも10分以内で起こったことだろう。

それを知って私はまず「間に合った」と思った。

自分の生活や命が脅かされる「何か」が起こる前に、土方さんが手に入って良かった、と。

怖い思いをされた方には不謹慎で申し訳ない、というか私だって怖い。

しかし私には、空中でミサイルをキャッチしてそのまま太陽にツッコんでいく力も能力もないのだ。ならば、自分の力ではどうにもならない「何か」が来る前に土方歳三を手にできた幸運を神に感謝するしかない。

不慮の事故が起こらなくても、いつか人は死ぬ。ワンピースやハンター×ハンター、進撃の巨人の最終回を見ることなく死ななければいけない人がこの世には存在するのだ。そして今若くて健康な人でも、いつかは「最終回が見られない作品」が出てくる。

全てを見届け達成して死ぬことなど不可能なのだ。ならばできるだけ悔いを減らして生きるしかない。

今、一つ、大きな悔いがなくなった。

悔いがない、というのは恐怖の克服でもある。普通だったら丸一日は不安に駆られる大きなニュースである。しかし土方歳三を手に入れた私は「もう何も怖くない」であった。

そのセリフを言った某魔法少女がその後どうなったかはおいておく。むしろ同じことになっても、悔いがないのだからもういい。マミれる、俺は笑顔でマミれる。

しかし人間というのは欲深い。一つ何かを手に入れたらまた一つ欲しいものができる。つまりなくなった悔いの分だけ新たな悔いが生まれるのだ。

今、手に入れた土方歳三を堪能せぬままには死ねぬ。

これが手に入れた瞬間生まれた新たな悔いだ。否「堪能」などという言葉はこの場にはふさわしくない。

―prpr―

そう「手に入れた私だけの土方さんをprprしないうちは死ねない」。prprがわからない未就学児はこのコラムを読んでいないと思うが、あえて説明するなら「ペロペロ」である。

ディスプレイを舐めるワケではない。「いや舐めるよ」という人もいるが、それは流派が違う。推しの一挙一動の数だけ絶命していく、それが私の『やり方』だ。

そうと決まったら、急がなければならない。もしかしたら発射されたミサイルがこちらに向かっているかもしれない。どうせ死ぬなら死因は「爆死」ではなく「土方歳三」でなくてはならない。

推しが出なくても、出ても、死ぬ。

オタクというのはカゲロウのように儚い生き物である。しかしどのオタクも大輪の花を咲かせて死んでいく。他人から見れば汚ねえ花火だが、どれも特別なオンリーワンだ。

「時間がない」

ミサイル着弾までどのくらい時間があるかはわからないが、出社時間が迫っていることだけは確かだ。早く土方さんをprpr。端的に言うと、ボイスやモーションなどを鑑賞しなければならない。「帰ってから」などというのは甘えだ。

実は土方さんを手に入れた瞬間気づいたことがある。

「世界はうるせえ」と。

外界の音や、謎のモーター音、今まで「無音」だと思っていた空間にも何かしら音がある。今まで気にも留めなかった、しかし、その微々たる音でさえ「土方歳三のボイスを聴くにはうるさすぎる」のだ。

音のない世界、土方さんの声を聴くのにふさわしい世界へ、私は吸い込まれるように便所へ入った。ここが一番静かだろう、と。

「便所も意外とうるせえ」

今まで気づかなかったが、何もしなくても、タンクから何か音がしている。むしろ個室だけにその音がよく響いている。

今まで便所は静かな場所だと思ったが全然そんなことなかったのだ。一体私の推しは、この短時間で、いくつ真理に気づかせてくれるというのだ。純粋に怖い。

「こんな場所で土方さんの声が聴けるか、私は帰らせてもらう」

私は便所を飛び出した。

傍から見れば、便所に入って3秒で飛び出てきた、恐ろしく速グソの女である。

そして私は、ある禁じ手を手にした。「イヤフォン」だ。

何を今更、と思うかもしれないが、冷静に考えてみてほしい。推しの声を直接耳、脳内に流し込む。

「暴力」だ。

映画「HiGH&LOW」で、生コンを飲ませる、という拷問が登場したと聞いたが、推しの声を脳に流し込む、というのは大体それと同じである。

しかし、今は時間がない。ミサイルの着弾、もしくは出社時間が迫っている。

どうせ死ぬなら死因「土方歳三」だ。

私はイヤフォンをスマホに装着し、再び便所に戻った。今思えば便所に戻る必要はなかった気がするが、死んだとしても、そのまま流してもらえば後始末が楽でいい、という私の最後の心遣いだったのかもしれない。

詰まるだろうと思うかもしれないが、ゲル状になって死んでいるだろうから問題ない。

9月15日、天気は覚えていない。

ただ、土方歳三が出た限りは死ぬには良い日だ。

マジで「しんどい」

～土方歳三への道　その8～

土方歳三を手に入れた私は、迫りくるミサイルと出社時間をかわし、イヤフォンとスマホを握りしめシェルターという名の便所へ駆け込んだ。

勢いあまりすぎて便所の扉は、控えめに言って全開であった。いよいよ便所に来た意味がないが、これから爆発四散予定なので、一番汚れてもいい場所、という点では適所だ。


早く、早くprprしなくては。

しかし、そうは言ってもまだ、この土方さんは入手して間もない、生まれたての、湯気が出ている、剝きたての玉子のような、まだ誰にも踏み荒らされていない新雪、無垢な、穢れを知らぬ、少女の、膝のような。


快進の勢いで気持ち悪くなっているのでこのへんにしておくが、とにかく出たばかりなので、堪能すると言っても全てを見ることはできない。これからレベルとかいろいろ上げて、見られる姿もボイスも増えていくのだ。

しかし、今見られるものは今のうちに見届けておかねばならぬ。今日昇った太陽が明日も見られると思うのは甘えだ。

さっそく土方さんをお気に入り登録した。こうすることにより「マイルーム」という自分の部屋に、お気に入りのキャラがいる、という設定になる。

土方歳三が部屋にいる。

すごい。

土方さんがマイルームにいるのを見ただけで、語彙が絶滅した。

土方さんのいないマイルームに舞っている埃に「土方さん」と呼びかけ続けて半年、ついに現実に土方さんがいる。よく知らないが、おそらくこれが「引き寄せの法則」という奴だろう。

しかも、舞っている埃と違って、呼びかけ、つまり画面をタップするとしゃべってくれるのだ。

土方さんが部屋にいて、話しかけても無視されない。奇跡の連続だ。

画面をタップすると土方さんがしゃべる。その声はイヤフォンを通じ直接、耳、脳に流し込まれる。

つまり「電気椅子と大体同じ仕組み」ということである。

唯一の相違点は「電気椅子の方が大人しく死ぬ」という点だ。

土方さんがしゃべるたびに、私は激しく体を痙攣させ、そして「ふざけるな」「バカか」と何かに怒り続けた。

怒りしか湧かない。

良さみが高まりすぎたオタクにはよくあることだ。だがこれはオタクが悪いわけではない。正気を疑う良さみがありすぎる二次元が悪い、つまり二次元の社会、治安、政治が悪い。つまり圧政に対する怒りだ。

これはもう、明日にでも一揆を起こすしかない。そう思った瞬間私は突然、爆発四散した。

これは「ノルウェイの森」で主人公が最後の方のアレで、突然射精した、みたいな、つまりハルキの世界観を感じてほしい。

何故、突然爆発したか説明しよう。心配しなくてよい。誰にも求められていない説明をするのはオタクの十八番、カラオケで言うと残酷な天使のテーゼだ。

ＦＧＯにおける土方歳三はかなり土方歳三なのである。

死んだ語彙が一向に息を吹き返さず申し訳ないが、土方歳三含め新撰組にはクソほど多彩な創作が存在する。そして創作の数だけ土方歳三がいる。

土方歳三は人のロマンを駆り立てる存在なのか、大体「鬼の副長」イメージのままカッコよく描かれていることが多い。しかしやはり作品によってそのキャラクターは違う。


ＦＧＯの土方歳三はその中でも、かなり土方歳三なのだ。

今、王大人が語彙に対し正式に「死亡確認」と言ったので、これ以上の説明は無理なのだが、厳しく、苛烈、戦餓鬼、な面がかなり押し出されており、戦闘ボイスなどは、物騒かつ絶叫系も多い。

それを立て続けに聞いた後に、優しい声を聞かされたら爆発するしかないだろう。

誰だって、40度の発熱をしている体に、２トンの氷塊を鉄球式にぶつけられたら木っ端微塵になる。それと同じことだ。

「穏やかにしゃべる時が特にやばい」

「！」が大量についているセリフの後に、突然語尾に「……」が肉眼で見えるセリフを言われたら、人は死ぬしかない。

「しんどい」

これもオタクがよく使う言葉だ、しかし私は今までこの言葉の意味を本当に理解せずに、おもしろいから使っていた、ということを痛感した。

マジでしんどいのである。キツくて、つらいのだ。

オタクに生まれてきて本当に良かった

〜土方歳三への道　その9〜

青紫の人骨が浮いた沼に首までつかり、近親を殺されたてホヤホヤのような苦悶に満ちた表情、もしくは単純に泣いている。万が一穏やかな表情をしている奴がいたら、それは「し、死んでる」ということだ。

話しかけて「尊い……」という奴はまだ傷が浅い。「しんどい」「つらい」しか言わない奴がほとんどだし「かゆ……うま」状態な者も珍しくない。

これが、最近のオタクのスタンダードスタイルだ。カジュアルな恰好で来てくれと言われたら、大体オタクはこのファッションで来る。いつまでもネルシャツにバンダナを巻いてくると思うな、オシャクソども。

おそらく、そんなオタクの姿に多くの人は「オーバーな」と思うだろう、何せ趣味だ。それがキツかったり、しんどくてどうする。むしろ「しんどいならやめればいいじゃんw」ぐらいに思っているかもしれない。

私も萌えが高じすぎて「マジつれーわ」となったことは今まで何度もある。しかし、土方さんの語尾に物理的に「……」がついている系のボイスを聴いて、

「純粋に体がつらくなった」

今まで口にしていた「しんどい」など、とんだフェイク野郎の嘯《うそぶ》きでしかないと痛感した。沼につかっているどころか、融合して溶けてなくなったパイセンの姿を思い浮かべ「先輩……こういうことだったんですね……」と少し微笑んで私も溶けて消えた。もちろんサムズアップでだ。

しんどいとかオーバーな、と思う人間は「過ぎたるは猶《なお》及ばざるがごとし」という格言すら知らぬのだ。しかし、これは仕方がない、誰しも「過ぎたる」を経験できるとは限らないのだ。

今まで感動のあまり泣いた、もしくは小便をもらした、という成人以上の人間がどれだけいるだろう。世の中には甲子園で優勝したとかノーベル賞を取ったとか、誰もが認める常人では到達不可能な感動を得られる人間がいる。

だが誰しもそうではない。才能もなく、何かを成し遂げるための努力もできない。そもそも成し遂げたいこともない。そんな人間の方が大多数だ。

私は残念ながら、そんな大多数だ。しかし大多数にもかかわらず「オタクに生まれた」というだけで、才も根性もないくせに、それに匹敵する感動を得られたのだ。

オタクに生まれてきて良かった、ひいては「自分に生まれてきて良かった」、オタクで、二次元の男がどうかと思うぐらい大好きすぎて本当に良かった。そう思えることが何度もあったのだ。

甲子園で5回優勝することはできないだろう、できたとしたら、優勝よりも卒業を目指した方が良い、ノーベル賞だってそう何回も取れない。だがオタクは吉田沙保里級に何度もメダルが取れるのだ。

私は、重すぎて前傾姿勢、というぐらい首に金メダルを下げて便所から出てきた。

「あと5億回聞くぜ」人生至上もっともいい声で、マイルームの土方さんにそう言い残して。

「油断するな」

土方さんと離れて、私はそう肝に銘じた。腎臓左右に「油断」「するな」と2つに分けて彫った。

何せ土方歳三が出てしまったのだ、今日一日何が起こってもおかしくない。これから、会社へ30分かけて、車で通勤するが、前方の大型トレーラーに追突して、後方のコンクリ車に追突されるという「2、3塁間で刺される」という事態が十分に予想される。

会社に到着しても油断はできない。突然解雇を言い渡されるのは序の口。単純に「爆発」という可能性もある、もし爆発したとしたら、それは私が土方さんを出してしまったせいだ。巻き込まれてしまった他社員には申し訳ない。

しかし、不思議なことに、ギガホースが私に追突することも、会社に小惑星が落ちることもなかった。

「おかしい」

私は訝しんだ。土方歳三を出した私に何も起こらぬはずはないと。それは「フェア」でないと。

土方さんを出した9月15日は金曜日であり、土日は休みだ。本当ならこの土日は土方さんを大いに愛でることに68時間は費やす日だ。しかし、その土日は東京へ行かなくてはいけない土日だった。目的は、一日は仕事のための取材、そしてもう一日は、土方さんの同人誌を売るイベントに参加することだ。

半分は土方さんに関係のあることなので悪いことではない。しかし、問題はその時台風18号が日本に迫っていた、ということだ。

そしてもう一つ、私の腹部が猛烈に痛み出した。

「おもしろくなってきやがった」

そうは思わなかった。ただ「フェア」と思った。

何せ土方歳三を出したこの私だ。何も起こらないのは、公平じゃない。

ご本尊へ会いに行く

～土方歳三への道　その10～

土方さんを手に入れた翌日、私は台風の進路に沿い飛行機に乗って東京に行かなければならなかった。そして猛烈に腹が痛かった。

以上のことから導き出される最善の法は何か。「自宅待機」だ。

しかし日本人というのは、世界で一番「待機」ができない人間なのだ。

どれだけ天災が迫っているとニュースで出ても「行けそうなら行ってしまう」。台風でも田んぼが気になったら行く、それが日本人だ。それで到達できても「帰れなくなる」可能性は非常に高い。それで案の定帰れなくなり、駅の待合で膝を抱えたり、苛ついて駅員に食って掛かったりしている。ここまでいくと、真面目な国民性とも言えない。自宅待機している者よりよほど野蛮だ。

そして私も未開、野蛮、という人種である。

当然のように、帰れなくなる恐れのある台風の迫った東京へ行く飛行機に乗った。それも腹に爆弾つきでだ。

しかも、これが一度目ではない。数年前「都心に何十年ぶりかの豪雪」という中、東京へ行き、予定通り帰路の飛行機が飛ばず、10時間ほどトム・ハンクスの顔で空港に籠城したことがある。

知能があるなら同じ轍は踏まないはずである。しかも体調不良のおまけつきだ。

己の名誉のために言うなら知能はあった。だが、土方歳三がいた。

土方歳三がいるくせに、天災が嫌とか、体調不良が嫌とか、甘えすぎだろうという話である。

何が起ころうと甘んじて受ける、それが土方歳三を出した者、土方歳三のマスターとして恥なき行いだろう。

自らの誇りにかけて、私はポケットに1シートのロキソニンと、酔い止め、そしてスマホに土方歳三だけ入れて飛行機に飛び乗れたのだ。齢30半ばも過ぎて「ギターケースに夢だけつめて」と同じ経験をできるとは思わなかった。

「何かを始めるのに年齢は関係ない」、個人的にその言葉は嘘だと思っている。何を始めるにも若いに越したことはない。そのようなことを言うのは、取り返しがつかない年齢になって何も得てない焦っている人間からさらに金を搾取する奴が言う言葉だと思っていた。

しかし、確かに推しは年齢に関係ないモノを与えてくれた。今まで、信じられなかった言葉が素直に受け入れられた。どんなにひねくれた人間でも、推しが示すことなら受け入れられる。

よく、親の言うことはてんで聞かなくても、崇拝するアーティストの言うことなら妄信するティーンがいると思う。だがそれを薄っぺらいと思ってはいけない。

キャプテン翼に憧れて、サッカー選手になった者だっているのだ。きっかけは何でもいい、良い方向に人の心をかき立てる存在に貴賤はない。どれだけささくれだった心でも受け入れられるものは等しく尊い。

そういうわけで貴賤なき感情のまま、飛行機に飛び乗った。腹は小康状態ではあるが「いつでもイケます」といった風情だ。

そういったことをしておいてなんだが、己の状況やコンディションを犠牲に仕事に行ってしまうのは、断じて悪である。

所詮自分は社会の歯車の一部で替えはいくらでもある。認めたくない事実だが、逆に言えば、替えはいくらでもあるから、休んだり辞めてもいいのだ。替えがある仕事に替えのない自らの健康や命を捧げるなど馬鹿らしすぎる。

ただ私は土方さんを出してしまったから、台風の進路に沿って飛行機に乗っているのだ。

よって皆さんは「土方さんを出した」ぐらいの替えの利かないことがない限りは、己の命や健康を対価に支払うことはない。

逆に言えば「己の命」以外対価を支払う術がない。土方さんを出した私は、ちょっと風が強くなり始めた東京に降り立った。

保険証は持っているが、いざという時、どこの病院に行っていいのかさえもわからぬアウエイだ。頼りはポケットのロキソニンのみ。

初日は取材だ、幸い、体調は「それどころじゃない」ほどではない。

場所は某都写真美術館だ。あまりにも二次元クソオタには無縁の場所と思えるかもしれないが、この美術館は、ファミコン展をやったり、ずばり「ＯＴＡＫＵ」を題材にした展覧会をしたりと、ジャンルに囚われてない。

だが、それ以前に、数ヶ月前「土方歳三」の写真を展示した美術館でもある。

ここで言う土方歳三とは「ご本人」という意味である。

本人以外に土方歳三がいるか、とご立腹の歴史クラスタガチ勢には申し訳ないが「死ぬほどいる」のが二次元の実情である。

土方歳三は、本人の写真が残っている、歴史上人物である。見たことがある人も多いだろう。そしてその原本に近い写真を展示したのが、その日私が訪れた美術館である。

ご本人問題にまつわる「鈴木雅之の壁」

～土方歳三への道　その11～

「カレー沢さん」

私は仕事関係者内では素でそう呼ばれている。若干どうかしているが、それもはや8年目だ。

そう呼んだのは、もう付き合いが7年ぐらいになる、某都写真美術館の職員だ。

付き合いは長いが、当然「フォカヌポウｗｗｗコポォｗｗｗ」とは無縁の人である。

私が泣いたり笑ったり、むしろそれ以外では泣きも笑いもしない「二次元」とか「萌え」の世界は解さぬ人である。

そんな人が、私が来館するなり「これをカレー沢さんに」と、あるものを持ってきた。展覧会で使用したという土方歳三のポスターと、手ぬぐいである。

ここで言う土方歳三とは、私が前日出したＦＧＯの土方歳三ではない。史実上、モノホンの土方歳三である。

「ご本人問題」

歴史創作内に歴然と横たわる問題である。

「歴史もの」というのは二次元界隈で不動の人気ジャンルである。前にも言ったかもしれないが乙女ゲー界隈でも「武将と付き合ったことがない奴はモグリ」と言われているぐらいだ。

しかし、史実を基にしていても、フィクションはフィクション。ストーリーはもちろん、キャラクターデザインには特に大きな脚色がなされることが多い。

女性向けコンテンツでは脚色はさらに顕著だ。端的に言うと漏れなくイケメンにされている。

よって、特定の乙女ゲー内のキャラクターである「徳川家康が好き」と言っている女性《にょしょう》に対し「徳川家康好きなんでしょ」と、ご本人、それもウンコ漏らした時の肖像画を送りつけるのは「違うそうじゃない」なのである。

私は、クソオタを自称している割にはこの「鈴木雅之の壁」が乗り越えられない側の人間だ。よって、肖像画まではイケるが、はっきりと本人の写真が残っている歴史上人物ものには、イマイチ手を出せぬ若輩なのである。

そういった理由により「文豪とアルケミスト」はプレイできなかった、当ゲームはその名の通り、太宰治などがイケメンキャラとして出てくるゲームなのだが、ご存じの通り太宰先生はご本人の写真が残っている。

本人がカッコよくない、とかそういう問題ではない。ただ「次元が違う」のだ。

肖像画なら二次元である。

江戸時代のピクシブトップランカー夢女子が徳川家康を描いたらああなった、というなら「まあ、時代と共に作風って変わるしね。エロ漫画の擬音だって、この10年で凄まじい変遷を遂げたんだよ？　ピストン擬音にハートマークを最初につけた奴はノーベル賞ものだよね？　最近アツい音は『ぬこっぬこっ』かな？」と、ろくろを回すポーズで言えるが、印画紙に焼きつけられたご本人画像を見せられると「ん、んー！」となってしまう、筋力の弱いオタクなのだ。

では、私が本物の土方歳三を出されるや否や、グラサン、リーゼント、オールバック、ワインレッドのジャケットになって「違う、そうじゃない」となってしまうかというと、否だ。

「御有り難く、頂戴、仕り、候、しからば」

社交辞令ではない。素で日本語が狂う勢いでいただいた。

土方歳三は、唯一私にとって「ご本人問題」がない歴史上人物でもあるのだ。

つまり「本人もカッコいい」むしろ「本人が公式」という、当たり前すぎる真理に到達している存在なのである。

「その界隈を知らぬ人の、純粋な好意を、無下にせずに済んだ」

世の中には、どちらが悪いわけではない、ただ「住む世界が違った」というだけで起こる諍いや齟齬が山ほどあるのだ。それすら無効にしてくれる土方歳三は、やはりヴェルタースオリジナル以上の存在、スーパーヴェルタースオリジナルZ3、ぐらいの存在である。

私「フォカヌポウwwwコポォwww。いやあ、かたじけない、喜んで頂き奉り候」

職員「すみません、前までB1サイズのポスターがあったんですが、今は小さいサイズしか残ってなくて……」

私「オウフっww！　拙宅、ウサギ小屋故、そんなサイズのポスター貼るスペースないでござるよwww」

職員「いや、床に広げて、その上を転げまわるとかできるじゃないですか」
私「コプッ！ｗｗｗ（こいつ本当に素人か……!?）」
職員「あと、土方さんの顔がプリントされた手ぬぐいもどうぞ」
私「誰向けか、皆目見当もつかないグッズキタコレｗｗｗｗｗ」
職員「ぜひこれで、体を洗ってください」
私「お前本当に非オタ？（フォカヌポウｗｗｗ）」
ジャンルの壁を越えられる。
それが土方歳三なのだ。

好きなものを好きと言い続けてきたからこそ

～土方歳三への道　その12～

前回までのあらすじ「土方歳三が次元とジャンルを超えた」。

土方歳三（本人）がプリントされた手ぬぐい、という割とガチ夢豚勢ですら、どうしたらいいかわからない税金を使って作った代物をもらい「これが素人の怖さだ……」と震撼はしたが、嬉しいか、嬉しくないか、で言ったら「デュフｗｗｗ」である。

実はこの美術館にもらった土方グッズはそれだけではない。それ以前にも「そこらへんで売ってそうなゴム手袋」をもらった。それと土方歳三に何の関係があるかというと話せば長い。

だが気遣いは無用。誰にも求められていない、話せば長い話をするのはオタクにとっては「呼吸」ぐらいのものだ。むしろしないと死ぬ。

土方歳三は、本人の写真が残っている。私が訪れた美術館は、その写真の原本に近いものを展示した。

正確に言うとオリジナルではないらしいのだが、学芸員の人の「土方歳三が直接浴びた光を印画紙に焼きつけたものかというと……」という説明のあたりで気絶したのでよく覚えていない。

そうか、この世には「土方歳三が浴びた光」というものが存在するのか。その光は元気にやっているだろうか。土方歳三が浴びた時点で一生分の運を使いきった、と言っても過言ではない。その後の安否が気遣われる。

ともかく、土方歳三が直接浴びた光という、ダンスホールの華やかな光どころではない光を焼きつけたものではないにしても、それに近い、大変貴重な品を展示した、ということである。

当然その写真を扱う時は手袋が必須だ。

そして「土方歳三の写真を触る時に使ったゴム手袋がありますが、いりますか？」と言われて「え？　いいんすか？」と、もらった次第である。

「土方歳三の原本に近い写真に触ったゴム手袋いりますか？」

あまり常人にはしない質問である。しかし、美術館から、そんな、とち狂いクエスチョンが飛び出たのも、私が常に「土方さん土方さっ（感極まって嘔吐）」みたいなことを言い続けた「成果」である。

昨今我々は「嫌いなもの」アピールばかりに腐心してしまっていないか。あれが気に入らない、これが地雷だ、もしくは、そう主張する人の尻馬に乗って「実は私も嫌いだったんです」と、責任は逃れて、ヘイトをしてしまっていないか。

問題提起は必要だ。しかし「きゅうりが嫌いだ」というような話を声を大にして延々言い続けることに希望はない。

むしろ、偏食家という面倒なイメージを持たれたり、きゅうりと付き合っている人に嫌な思いをさせるかしかない。

それよりは、延々と、ｂｏｔか、というぐらい好きなモノの話をした方が良い。それに対し「あなたは唐揚げが好きとおっしゃいますが嫌いな人もいるんですよ、配慮が足りないです」と言われたらそちらの方がクソリプだ。他人の希望に絶望を持ち込もうとする方が間違っている。

しかし、昨今ではそういう現象が多くみられる。

どんな美談にさえも粗を探したり、「創作だろ」と嘘認定したがる奴が現れるのだ。なぜそんなことをするのか。他人の希望が許せぬからである。

その気持ちはわかる。むしろ、人一倍、人の希望や幸福が許せぬ性質だ。しかし、人の希望を絶望に変えたからといって自分に希望が訪れるわけではない。

他人が希望に満ちていて羨ましい時は、自分の希望の話をした方がいい。

マウントの取り合い、と言うかもしれないが、マウンティングは上へ上へと行こうとする行為だ。下へ人を引きずり下ろそうと躍起になるよりよほどいい。

人のサクセスが許せぬ日も、それにクソリプすることなく「土方さん！　オボロロロロロr（萌えのあまり激しく嘔吐）」と言い続けて良かった。

だからこそ、そんなに好きなら、とポスターやゴム手袋をもらえたのだ。そうじゃなく、ただ「土方歳三の写真に触ったゴム手袋いる？」と言われたら「こっこわ！」となるだけだ。

ポジティブシンキングという奴が好きになれなかった。しかし、どんなに嫌いなものがあっても、その話はせずに好きなモノの話だけする。その方が良いことがある。それもポジティブシンキングであり、私はその恩恵を受けた。

土方さんを出せたおかげで今まで受け入れることができなかった、食わず嫌いとも言えた思想を、「一度食ってみよう」という気になれた。

「推しは健康に良すぎる」

確かに、見た目は青紫色の沼に首までつかり、苦悶の表情を浮かべながらうわごとをつぶやくという、健康とは対極の姿だが、それは青汁を飲んで「まずい！ もう一杯！」というのと同じなのだ。その後にはこれ以上ない健康が待っている。

得難きメンタルヘルスを得て、取材を終えたあと、私はホテルへ向かった。

そして、気づいていたが、目をそらしていた事実と向き合った。

「腹がいてえ」と。

啓示

～土方歳三への道　その13～

土方さんを出して、メンタルヘルスは人生で一番良くなった。しかしフィジカルは反比例だ。腹が、腹がいてえのである。

ソシャゲ界には「代償」というものがある。ガチャで推しが出たらその代償として、体に不調が起こる、という都市伝説だ。

確かに、土方歳三を出したのだから、未だに臓器が全部そろっているのが不思議といえば不思議だ。

よって私も「土方さん出したんだからこのぐらいは仕方がない」と、ロキソニンを飲んで横になった。しかし痛みは一向に治まらぬ、経験から言ってロキソニンで治まらないというのは「事」である。

しかし、何せ自分は土方さんを出したのだ、このぐらいの痛みは甘んじて受けるべきだろう。

そう、しばらく思ったが、私はやおら、起き上がった。

「貴様はこの物語をバッドエンドで終わらせる気か」と。

「カレー沢はＦＧＯで土方歳三を出した。その後なんかの病気で死んだ」

そんな話誰が喜ぶのだ。死ぬなら出した瞬間、半裸で天に拳を突き上げて死ぬべきだろう。

中途半端に時間が経って死ぬなんて美術点が低すぎる。


どうせ、射幸心が抑えきれずに、何万もガチャにつぎ込むこの俺様だ。遅かれ早かれ何かで破滅するだろう。しかし、ガチャ、土方歳三で破滅するわけにはいかぬのだ。

友人から、オタ活動の興が乗りすぎて自己破産してしまった人の話を聞いた。

「えっそれでも免責おりるんだ!?」というある種の吉報でもあったが、破産というのは言葉で言うほど簡単ではないはずだ。もしかしたら件の人はその過程で、推しに使った金や時間を後悔してしまったかもしれない。


それだけはしたくない。


よって「腹が痛いけど、土方さんを出した代償だから仕方ないと我慢していたら、死にました」では、ダメなのだ。

むしろ「土方さんのおかげで命が救われました」ぐらいの話でないといけない。

よってベッドの上で誓った。

「俺、故郷に帰ったら、病院に行くんだ」

そびえ立つ死亡フラグだ。

しかし、本当にそう誓った。昔同じ痛みで救急病院に行ったが原因は不明だった。友人に「婦人科系かもしれないから一度診てもらった方が良い」と言われたが、喉元過ぎれば、で痛みが治まったらその後受診することはなかった。

これは「代償」ではない「啓示」だ。

「病院へ行け」という「ソープへ行け」と同じぐらい、ストレートな土方さんからのメッセージだ。ぜひ星野ボイスで言ってほしい。もちろん後者をだ。

そして後日談になるが、私は痛みが治まったにもかかわらず、ちゃんと婦人科に行き、10年ぶりぐらいに子宮がん検診まで受けた。これだけケツの重い、病院に行った頃には末期になるようなタイプが、事が起こる前に推しの啓示で病院に行ったのだ。

「推しは役にしか立たない」

役以外に使えることがあるなら誰か教えてほしい。

しかし、痛みに耐えている瞬間は大変だった。もちろん、救急車を呼ぶとかそんな規模ではないが、ただ痛い。薬を飲んで、少し寝て、痛みで起きて、の繰り返しだった。

これ以上できることはガチャ以外ない。

私はそう思った。確かに土方さんはもう出ていた。しかし、同時期に、同じ新撰組キャラの「沖田総司」が出るようになっていたし、土方さんは何人いたって構わない。土方さんなら100人乗っても大丈夫、そんなイナバマスターなこの俺だ。

とりあえず、腹は痛いのでユニットバスの便座に座りFGOを立ち上げた。

こいつ、いつも便所にいるなと思ったがその通りだ。大体いる、ホームだ。

時間は深夜2時ぐらいだ。こんな時間に起きていることはまずない。

土方さんをトータル4万5000円ぐらい（前回の爆死は含まない）という無課金で出してしまった自分である。結構あっさり、沖田さんが出たり、2人目の土方さんが出てしまうのではないかと思った。出たら「腹痛発狂教」という新ガチャ宗教を立ち上げようと思った。

結果から言うと、何も出ずに2万ぐらい溶けた。

しかし、悲観することはない。これは、右腕を骨折した痛みを、左腕を折って中和するという「緩和ケア」だ。

現にその爆死後、腹の痛みが緩和されて割とすんなり寝れた。

ちなみに、その後病院に行った受診料は6000円程度である。

人の優しさが腹に沁みる

～土方歳三への道　その14～

幸い、朝目が覚めた時、痛みは若干治まっていた。しかし、窓の外は雨、そして風。忘れていた、「台風」のことを。

まだ暴風域とは言えないが、着実に近づいてきている。こんな中、同人誌即売会は開催されるのか、されたとしても人は来るのか、そして家に帰れるのか。

おそらく危機管理体制のなっている人なら「欠席」だろう。しかし私は「行けそうなら行ってしまう」未開の地日本の住民だ。

「行けそうだし行く」以外の選択肢はなかった。しかし、今の体調で荷物を抱え雨風の中徒歩で駅に行き、会場まで行くのは無理と判断した。東京ビッグサイトが俺の墓標になってしまう。

よってタクシーを使った。痛い出費である。

それも5000円以下だが、余裕でガチャが10連回せる金額だし、それで2人目の土方さん、もしくは沖田さんが出たかと思うと死んでも死に切れぬ額である。さらに向かっているのが同人誌即売会というのも痛い。

「5000円あれば、そこにあるDB（ドスケベブック）が何冊買えるか」

「あの金があれば、これができた」という発想は好きではない。「さっきガチャを回した金があれば、またガチャを回せる」、そういう潔い気持ちで生きたい。

「健康管理も仕事のうち」、もっともだとは思う。

しかし優しくない言葉だ。体調なんてなんの理由もなく崩すのだ。それに対しそう言うのは、お前には病気になる権利もない、仕事を休んで他人に迷惑をかけないよう、常にバカのように健康でいろと、言っているようなものだ。

しかし「崩した体調のせいでかかった金でDB10冊買えた」と言われたら「敗因はこの私、体調管理を怠った私に全ての責がある」と言わざるを得ない。

ドスケベブックも健康ありき。

DBだけではない、全てが健康ありきだ。なのに現代人はそれ以外のものを優先して、すべてを失ってはないか。

そういう時は、その健康をドスケベブックに換算してみてはどうか。きっと冷静な判断ができるはずだ。

上がり続けるタクシーのメーターを見ながらそんなことを考えているうちに、タクシーはビッグサイトに到着した。

良いか悪いかは別として、そこには雨風に負けず「来れたから、来た」という猛者が多数駆けつけていた。

ともかく中止ではないことに安堵し、スペースの設営をした。

その場で売った私の土方さん本の内容に関しては割愛する。同人誌というのは、推しという神を、どのような形で崇拝するかをしたためた、いわば宗教本である。同じ宗派の者の前以外では開かない方が良い。

同宗派ですら、わずかな神への解釈違いで、戦争に発展しかねない。そんな危うい禁断の書だ。ここで言うことではない。よって「土方さんがたくさん出てる本」と思ってくればいい。

そして設営が終わり、いち段落つくと、隣のスペースの人が話しかけてきた。

「カレー沢先生、土方さん出せて、おめでとうございます」

驚愕した。

初対面の人が、私を知っていて、さらに土方さんを出したことを知っていて、それを祝ってくれている。ツイッターなのか、ここは。

しかも、それだけではなかった。イベント開始後、本を買いに来てくれた人が口々に「土方さんおめでとうございます」と言ってくれたのだ。


ここはツイッターではない。

「優しい世界」もしくは、エヴァンゲリオン最終回だ。

しずかちゃんのパパが娘に説いた、「人の幸せを願い、人の不幸を悲しむことのできる」のび太の希有な才の少なくとも片方を持っている人が大勢やってきたのである。

素直に感動した。腹は依然痛いし、外は台風が迫っている。しかし「来て良かった」と心から思った。

大事を取るというのも重要だが、無理を押して来たからこそ、このような体験ができたのだ。


これは何かに似ている、そう「ガチャ」だ。

「回したから出た」と同じように「来たから人々の善意に触れられた」のだ。

そんな、ガンジーの生まれ変わりたちが買ってくれた同人誌の売り上げを、私は帰りの電車で、全部ガチャに溶かした。ちなみに何も出なかった。

「回しても出ない」

それもまあ、よくあることである。

試合続行

～土方歳三への道　その15～

わざわざ台風が迫っている中、本を買いに来てくれて、「おめでとう」と言ってくれた人のお金を、帰りの電車内で溶かした。

どんな穀つぶしだと思うかもしれないが、私は前から「本の売り上げはガチャ資金に使う」と公言していた。つまり公約通り、むしろガチャ以外に使う方が「不正使用」だ。

ただ出資者に謝ることがあるとすれば「何も出せなかった」という点だ。

土方さんを出してから、すでに2万5000円は使っている。トータル約7万、なかなかいかつい金額になってきたが、何せもう一人出ているのだ。安心感が違う。

ここまで話を長引かせておいて恐縮だが、私の土方ガチャの目的は土方さんが一人出た時点で達成されている。そこで「完」の文字が出ても良かったのだ。

FGOのガチャは渋い。しかし唯一親切な点があるとしたら「1枚出たらキャラとしては完結できる」という点だ。

ゲームによっては複数枚出さないと、キャラのイラストなどを全て見ることができない、というものがある。むしろ1枚出てしまったがゆえに、2枚出さないわけにはいかなくなった、という「ここからが本当の地獄だガチャ」もある。

ＦＧＯは1枚出せば、絵もボイスもほぼ全て見ることができる。複数枚出して変わるのは、宝具レベルというキャラの必殺技の強さだけ。つまり変わるのはキャラが出すダメージ数だけだ。

私はただの萌え豚である。土方さんがそこにいて、動いたりしゃべったりするだけで十分だ。

そう思っていた時期が私にもありました。

私はとりあえずガチャを回すのをやめ、出てくれた土方さんのレベル上げに努めた。さすが最高レアクラスのキャラクターだけあって、強い。そしてキャラのモーションがすごくかっこいい。もちろん声もいい。本当に出して良かった、心からそう思った。

しかし、数日、強くてかっこいい土方さんを見続けた結果、とある純粋な疑問が湧いてきた。

「こんな強くてカッコイイ土方さんが宝具レベル1というのはあまりにも似つかわしくない」と。

似つかわしくない、というより「自然の摂理に反している」と言ってもいいかもしれない。

そして当然、私よりも宝具レベルが高い土方さんを持っている人がいる。

元来、人を妬みやすいが闘争心のない私である。自分より上の人間を見ても、自分がそいつの上を行ってやる、ではなく「こっちに落ちてこねえかな」と祈るだけだった。だが、宝具レベルが私より高い、他人の土方さんを見ても「こいつの土方さんの宝具レベル下がらねえかな」とは思わなかった。

「俺がそっちへ行く」

初めて、自分が昇ろうと思った。

他はいい、だが土方さんだけは他マスターに引けを取るわけにはいかない。

「うちの土方さんが一番強くてかっこいい」

親バカではなく、名実共にそう言い切れないと、私はもうダメだと思った。

「試合続行だ」

そう言って振り上げられた私の手には、１５００円から5万円まで金額指定できるグーグルプレイカードが握られている。

「いくら入れますか」というレジの店員の問いかけには当然「5万」と答えた。

こんな高額のカードを買ったのは初めてだし、印紙が貼られたセブン－イレブンの領収書も初めて見た。

重い数字。

何せ常に「これだけ用意して出なかったらどうしよう」という恐怖がある。5万あれば出ると思うだろう。だが出ない。それがFGOだ。

もう、元の金には戻れぬプレイカードをスマホに充てんし、私はガチャを回し始めた、もはや1回1回、かみしめては回せぬ。再び連打だ。

カードが次々と出る、そして同時に金が溶ける。5万稼ぐのにどれだけの時間がかかるだろう。しかしなくなるのは本当に一瞬だ。

だがそれでもまだガチャにもソシャゲにも絶望はしていない。今でも自信をもって「あの5万が返ってきたら、また5万分ガチャを回す」と言える。

何故なら、その5万で土方さんがもう一人出たのだ。推しさえ出れば、その金は生き金だ、1円たりとも死んでいない。

課金額12万、土方さん宝具レベル2、マックスは5だ。当初の予算からすると厳しい戦いだ。

しかし、そんな私にも奇跡は起きたのだ。

土方さんがくれた石で土方さんが出た

～土方歳三への道　その16～

土方さん宝具マックスまで、あと3人。

一人あたり5万としても、あと15万はかかる、厳しい額だ。しかし今退くのはもっと厳しい。

しかし、ここで奇跡が起きた。

キャラクターには絆という数値が設定されており、そのレベルが上がるとガチャを引ける石を無料でくれるのだ。

私は土方さんが出て以来、死ぬほど土方さんを使ったため、1週間もしないうちに絆が上がり土方さんが石をくれたのだ。

土方さんがくれた石なら土方さんが出るかもしれない。少なくとも「おしっこ我慢教」とかよりは理にかなっているような気がする。そう思って、1回だけ回した。

出た。

嘘のようだが、本当の話だ、奇跡が起きたのだ。いや、奇跡などという陳腐な言葉はここでは似つかわしくない。

「土方さんがデレた」

投資10万を超えて、やっと土方さんがこっちを見た。さすが土方歳三、一桁万円ぐらいでは視線もくれやしない。しかし今ようやくこっちを見たのだ。

アイドルのコンサート会場で客全員が「今俺を見た」と思っているのと同現象かもしれないが、とにかく無料で一人出たというのは非常に大きい。

「とらえた」

私はその時そう確信した。あと2人出せば良い、そして私にはまだ虎の子「ババアからもらった10万の現ナマ」がある。

「勝った！！！　土方ガチャ完！！！」

しかし、事態は思うようにいかなかった。

最後の2人を出すガチャを回す前に、その10万をくれたババア殿の米寿の祝いがあったのだ。

ババア殿は、この1、2年でめっきり弱ってしまった。とにかく働き者で、よく食う人だったが、今では寝ている時間の方が多く、食べ物も固形のものは食べられないという。人は年を取り、弱って死ぬ。誰しも避けられないものだ。しかし、私が結婚して家を出るまでの27年間、私の世話をしてくれた人が、そうなっているのを見て「仕方ない」とはやはり思えぬのである。

よって、米寿を祝う会は、ババア殿の娘である母が「これからは自分のために生きてくれ」という感謝の手紙を読みながら泣き、私ももらい泣き。だがババアは特に泣かずに「まあ、これからもよろしく」と言う、ババアをダシに、初老と中年の女が感極まって泣いているという、よくわからない構図になったが、とにかく感傷的な気持ちになった。

そんな、あまり動かなくなったババア殿だが、町が開催した、その年の米寿を集めて祝う会には参加したそうだ。

その会についてのババア殿の感想は「祝い金、1万もらった」、そして「祝い金、1万もらった」だった。

それ以外はない。本当に米寿会についてババア殿は「1万もらった」と2回言ったのみである。

ババア殿は口数はめっきり減ったがボケてはいない。ならば何故同じことを2回言ったかというと「大事なこと」だからだ。

つまり「1万」はババア殿にとって「でけえ」ということである。

ならば一体、どんな思いで、どこから、その10倍もの金を私に渡したのであろうか。


「でかすぎる」

この金は私には途方もなくでかすぎたのだ。

リリー・フランキーさんの「東京タワー」で「オカン」の死後、オカンがこつこつ貯めていた積み立てを見つけて「この金は使えんよ」と泣くシーンがあるのだが、全くそれと同じ状態になった。

「ババア、この金、ガチャにはよう使えんよ」

結局その金は、家のメンテナンス料に使った。土方歳三に比べれば、ロマンの欠片《かけら》もない使い方だったと思う。

思えば、昔からババアにもらった小遣いを、その日のうちにゲーセンで溶かす子供だった。何一つ変わっていない。

だが、初めて、最初で最後かもしれないが、ババアにもらった金を、ババアが納得できる使い方をしたような気がする。それだけで満足だ。

こうして半年以上放置されていた「ババア殿の10万」は大団円を迎えた。

しかし新たな問題が浮上した。

「土方さんを出す10万がなくなった」という問題だ。

人を狂わすと書いて「推し」

～土方歳三への道　最終回～

「残り土方さん2人　残金10万」から「残り2人　残金0」というコペルニクス的展開を迎えた。

そもそも予算から10万なくなるというのは、いきなり兵士が半分死んだに等しい。シモ・ヘイヘがいる森にでも入ったのかよ、という惨状だ。

しかし、まだ天は我々を見放したと言うには早い、むしろ天はまだ私に手を差し伸べてくれた。

土方さんが出るガチャの最終日は26日だ、そして25日が給料日なのだ。そこから、まだ援軍が出せる。

私は自分の給料額から、出せるギリギリの金額を綿密な計算で算出した。

「10万」

それが答えだ。それで出なかったら今回は諦める。

ちなみに給料は12万5000円だ。計算がおかしいと思われるかもしれないが「15万」と言い出さなかっただけ、正気である。

9月26日、私は会社の昼休みコンビニに行き、ATMから10万を引き出し5万を課金専用口座に入れ、もう5万でグーグルプレイカードを買った。

「また、会ったね」

印紙のついたセブン－イレブンの領収書に軽く会釈した。あまりにも早すぎる再会である。

私は車に戻ると、車内でプレイカードの銀を剝がし始めた。


「何故家まで待たなかったのか」


その答えは今もわからない。

ただ「今だ」と思ったのだろう。9月の車内という、普通に人が死ぬレベルの環境だ。その中で、会社の制服のまま私の最後の戦いは始まったのだ。


4人目の土方さんが2万5000円ぐらいで出た。

一人目が出るまでの長さに比べたら確実に出やすくなっている。

しかし、その後、最後の一人が永遠に出ない、ということも十分にあり得るのだ。

なぜなら、それが、ガチャだから。

あと一人、あと一人でいい。

私はエアコンもかけていない車内で朦朧《もうろう》としながら祈った。しかし、祈りでは足りないということは、嫌というほどわかっている。

ここで私は、同じくFGOのアルトリアというキャラを演じている声優さんが「マーリン」というキャラがあまりにも出ないので、アルトリアの声色で「マーリン来てください!」と叫びながら回したら、出たという逸話を思い出した。

私が悠木碧なら沖田さんの声色で「土方さん出てきてください」と言えば出てきてくれるかもしれない、しかし私はカレー沢薫だ。

美声は出せない。ならどうする、数で勝負だ。

「土方さん」

私は、車内で、声に出して土方さんを呼び続けた。「君がっ出てくるまでっ呼ぶのをやめない!」。そう思いながら、ひたすら土方さんの名前を呼びながらガチャを回したのだ。

狂気。

その光景を見た人がいたなら間違いなく感じただろう。

だが、今更だ。「推し」という字をよく見てみればわかる。「人を狂わす」と書いて「推し」なのだ。

見えなかったら見えるまで、飲まず食わずで寝ないで見ていろ。

むしろ推しを目の前に「正気」でいるというのは「無礼」に値する。

つまり私はその時、中年女がコンビニの駐車場で炎天下の車内でエアコンをつけずに、二次元の男の名前を叫びながらガチャを回すという、狂気という名の最大の礼を尽くして土方さんをお迎えしようとしたのだ。

そしてどれほどの時間土方さんの名前を呼び続けただろう。

5人目の土方さんが現れた。

――ＦＧＯ完！！！――


その瞬間土方ガチャどころかゲーム自体終了してしまった。

サービス終了まで終わりがないのがソシャゲなのに「全クリしてしまった……」と本気で思った。

幸いにもグーグルプレイカード分５万内で出すことができた。

記憶している限りで17万。つまり実質５兆の黒字で土方ガチャは大ハッピーエンドを迎えた。

ありがとう土方さん、ありがとうＦＧＯ、ありがとうガチャ。
・・・・・・・・・・・・・・・・・・・・・・・・・・

そして私は今、この文章を鉄格子のついたガチャ依存サナトリウムで書いている。

もちろんそんな施設はないが、「治療中」なのは確かだ。

あれほど切望していた土方さんを出せた。それもこれ以上ないところまで出せたのだ、もうガチャを無理に回す意味はない。


しかし、17万分ガチャを回すという経験で、大量にアドレナリンを放出してしまったせいか、ガチャを回すこと自体に快感を覚えるようになってしまった。

さらにガチャに対する金銭感覚も狂った。今ではもはや「1万ぐらい」になってしまっているのだ。しかし手取り12万5０００円にとって1万は冷静に考えてでかすぎる。

しかし、現在の私は、それにすら気づかないのだ。


このままいったらまずいことになる。

よって今私はこのガチャ依存と戦っている。なぜなら、何度も言うが私はこの話をハッピーエンドで終わらせたいのだ。

もしこの先ガチャで破滅したら「あの時土方さんが出るまで回さなければ」という話になってしまうかもしれないのだ。それだけは避けたい。

むしろ、株とかＦＸで破滅して、路上生活になろうとも「でもあの時土方さんを出した時は幸せだった」と思いたいのだ。

いい思い出にしたい。私はこの土方さんを、走馬灯のハイライトにしたいのだ。

よって今、ガチャ欲と戦っている。本当に「俺たちの土方ガチャはまだ始まったばかりだ」である。

次は「ニコニコガチャ依存治療日記」でお会いしよう。

おわりに

終わり方が、事件が収束したと見せかけて、最後に不穏な伏線を残すサイコホラーみたいになってしまっている。

だがこの物語はハッピーエンドだ。何故なら今もスマホに宝具レベル5の土方さんがいる。

これがハッピーじゃないなら、世界から「幸福」という概念が消滅し、全員不幸になる。

しかし「書き切った」かというと否だ。大分急ぎ足になってしまった。特に3人目の土方さんが出てからのダイジェストぶりが半端ない。

しかし、全てを書き切ると本書が京極夏彦にしか許されない厚さになってしまうのでやむなしである。本書が京極級に売れれば「完全版」の発売もワンチャンなので、ぜひ積極的に買って燃やしてまた買ってほしい。

しかし、病状に関してはあまり良くない。今でもガチャは回しているし、一度回したが最後カッとなって万札をつぎ込んでいることもある。

どうしても欲しいキャラがいるならまだしも、こんな尿漏れ、もしくは残尿の勢いが思ったより強かったみたいなガチャの回し方は良くない。何より経済的に良くない。

こんなの、今健康でまだ仕事があるからすぐには破滅しないだけで、今後収入が激減しても、ガチャを回すのをやめられなかったら、速やかな死である。

よく転落人生の例として「収入が下がっても生活水準が落とせなかった」というのがあるが、正直ピンときていなかった。しかし「生活水準」の中に「ガチャを回す」が入っていると言われれば瞬時に「理解」である。そんなの急にやめられるわけがない。

よって、土方さんが宝具レベル5になるまでガチャを回せたのは、まず自分が健康で仕事ができていたこと、そして、夫が同じく健康で働いて、なおかつ家庭を守って（主に美観面）くれていたおかげである。

インタビュアーに「土方さんが宝具5になった喜びを、まず誰に伝えたいですか？」と聞かれたら「ツイッター！」と瞬時に答える私だが、感謝は夫に伝えたい。

なにせ、本書は半分「夫婦」というテーマなのだ。そういう結論にしておかないといけないのである。

なぜアーティストが唐突に「母ちゃんリスペクトソング」を歌うかが何となくわかった。そんなの歌にしないで本人に言えよと思っていたが、今私が土方さんを宝具レベル5にできた感謝を本で、夫に伝えようとしているのと大体同じ心情に違いない。

このように長らくわからなかった「生活水準落とせなくて破滅した人」と「突然母ちゃんリスペクトソングを歌うアーティスト」の心理がまたたくまにわかってしまった。

もちろん教えてくれたのは土方さん、つまり「推し」だ。

このように「推し」は様々なものを与えてくれる。まさにお値段以上、出た時点で大黒字なのである。

土方さんADはもはや余生

〜文庫スペシャルその1〜

僕たちはどう生きるか。

ビタイチわからねえ。

この連載で今まで書いてきた通り、スマホ用ゲーム「Ｆａｔｅ／Ｇｒａｎｄ　Ｏｒｄｅｒ」の最推しキャラ「土方歳三」を17万（覚えている範囲の金額）かけてガチャで出した。

そしてその軌跡をまとめたものが『カレー沢薫の廃人日記～オタク沼地獄～』として出版され、その本の販促用ＰＯＰに土方さんのボイスを担当している声優の星野貴紀さんから直々にコメントをいただいた。

ここまで書いて改めて思う。

「俺の人生、完結してないか」と。

どう考えても「全クリ」だ。しかし寿命的な意味で私の人生はまだ続く。

よって今「やだ、私の余生長すぎ!?」という顔で、走馬灯の編集をしているところだ。

しかし、ソシャゲというか二次元オタク趣味の一番いいところは「キリがねえ」というところだ。

特にネットゲームは、儲かっている以上は半永久的に続く。やっと推しキャラが出て「勝った！（俺の預金口座）完！」となった次の瞬間、同じキャラが服装だけ変えて出てきたりする。

それに、二次元キャラクターというのは、次々に生まれるものだ。

やっと今の推しとの関係も落ち着いてきた、と思った矢先、新しい推しと正面衝突していることもあるのだ。

春夏秋冬桜が咲いている在原業平の如き、心休まる時がない生活だが、一年中桜が咲いている（主に頭）人生というのも決して悪いものではない。

いつでも推しのことで悶絶していたい、と思うのは、恋愛体質の人が「いつでも恋していたい」と思うのと何ら変わりないのである。

しかし世の中には、恋愛や結婚、そもそもリアルの男に興味がない女を認めない者がいる。

仕事や趣味に没頭する女は逃避しているだけ、二次元好きの女は三次元の男に相手にされないから代替として二次元の男に走っているだけ、ＢＬ好きの女は家庭環境に問題がある、何か男にトラウマがある、など「俺様たちに興味がない女なんて、どっかイカれているに決まっている」ことにしたがる勢がいるのだ。

そんな態度が許されるのは夢小説に出てくるテニプリの跡部様だけである。

しかも跡部様はその後「はっ……！　おもしれえ女だな……」と、こちらの存在を認めた上に評価までしてくれる。さすが抱かれたい中三殿堂入りだ。

そもそも「何かが好き」というポジティブな感情にネガティブな理由や心の闇を見出そうとするほうがおかしい。

「ハンバーグが好き」というのに過去のトラウマが関わっているのか、という話である。

もちろん「ハンバーグに妻を寝取られ、その現場を見た僕は深い興奮を覚えた」という複雑な理由で好きな人もいるだろうから、断言はできないが、それでも多くの人が「好きだから好き」という特に理由なくただ「好みに合った」というだけで好きなはずである。

逆に言えば「特に理由がない」ため、好きじゃなくなることも難しい、全くの制御不能なのである。

つまり何が言いたいかというと、いくら今オタクとして「全クリ」「余生」「高原でオーガニックカフェを経営します」と言っていても、絶対また何か始まっちゃうということだ。

当たり前だ。

一片の悔いなし、と言って潔く死ねるのはラオウ様ぐらいであり、自分はそんな器じゃないから絶対「あの時は悔いないって言ったけど、1個忘れてたわ」みたいな感じで戻ってくるに決まっている。

問題は何が始まっちゃうのか、だ。

「Fate/Grand Order」は幸か不幸か「同じキャラが服だけ変えて出てくる」がそんなに起こらないゲームだ。

土方さんが違うバージョンで出てくる可能性は低い、しかし夏に「土方歳三（水着）」が来る希望も捨ててない、捨ててないどころか、そのために退職金を全額ブチ込む準備はできている。

全くどうでもよい話だが、私は会社を辞めて無職になるのだ。

だったら、ゲームなんかに金を使っている場合じゃないだろう、と思うかもしれない。

逆だ。退職金で推しが出さえすれば、この10年近い会社勤めに初めて「価値〜イミ〜」ができるのだ。

よって公式は安心して「土方歳三（水着）」を出してほしい。こっちの覚悟はもうできている。

そう言いながら、発表された途端、爆発四散するのがオタクである。

自分を犠牲にすることが愛ではない

〜文庫スペシャルその2〜

約８ヶ月ぶりに、ＦＧＯのガチャに土方さんが登場した。

その報を聞いた瞬間私は外国人４コマの４コマ目になった。しかし、ケツを浮かせたまま、私はあることに気づいた。

「土方さん、もう宝具５じゃないか」と。

宝具５とは同じキャラクターを５体集めて、強さがマックスになった状態だ、つまりこれ以上出しても特に意味はないのである。

しかし私は、着席しなかった、相変わらず屁の勢いが強すぎた人の姿勢のままだ。

何故ならオタク界には「観賞用、保存用、布教用」という言葉がある。

観賞用は普段使いするもの、保存用は手を付けないコレクション目的のもの、そして布教用は、同じ沼に引きずりこむため、人に貸すためのものである。

つまり「オタクは同じものを最低３つは買う」ということわざだ。

ソシャゲ故に「布教用」という概念はないにしても、私が持っているのは言わば「観賞用の土方さん」のみである。

「そろそろ保存用の土方さんが必要な段階ではないか」

ネクストステージ、である。

しかし私には、オタクとしてより先に社会人として「無職」というネクストが迫ってきていた。

このコラムの最初でいかに自分の会社の給与が安いか書いたが、今思うと社会保険完備であれだけもらえるということが、いかにすごいことだったか思い知らされている。

「失ってから気づく」

ありきたりな言葉だが、健康保険も雇用保険も、別れてみないとその価値に気づけないし、気づいたときにはもう遅い、人間とは愚かなものである。

ともかく、そんな私にとって保存用の土方さんはあまりにも贅沢品だ。夏に水着土方さんが来る可能性がゼロでない今は「ステイ」が最善である。

しかし、これだけ土方さん推しを公言している者が、保存用の土方さんの一つも持ってないのはいかがなものか、なんなら「使用用」「観賞用」「保存用」ぐらいは持っていてしかるべきではないか。

そう思い、一瞬「やるか」と立ち上がりかけたが、再度中腰になった。先ほどから脚力が鍛えられている。

先日海外メディアがソシャゲのガチャに対し「プレイヤーのキャラクターへの愛を収益にしている」と批判的な報道をした。

それに関しては私も否定できない。土方歳三への愛のために自分の収入からは考えられない金を短時間で使ってしまったのは事実だ。

そこに後悔はない、しかし「ファンならそのキャラを持っていて当然」「好きなら出るまで回すはず」という圧力で課金させているなら、キャラへの愛を人質に搾取していると言えなくもない。

しかし、圧力をかけているのはソシャゲ運営ではない、他のプレイヤー、そして自分自身である。

この「〇〇でなければファンじゃない」はガチャ以上に「悪い文明」だ。

自分を追い詰め、他人の熱意に水をぶっかけ、何より大事な推しの足を引っ張る。

「〇〇ファンなら××であるべき」という条件付けは確実にファンを減らすか、これからファンになろうかという人を排除する。

人気が少ないキャラは当然露出が減るし、ファンが少ないコンテンツは最悪そのものが消滅してしまう、完全に自殺行為だ。

さらに愛を理由に無茶をして、生活が破綻したら意味がない。

「キャラクターへの愛が抑えきれずガチャ破産した人」なんてそれこそ、格好の「ソシャゲ批判材料」でしかないのだ。

推しの為にはまず自分がハッピーでなくてはならない。「推しのおかげで何をやってもダメだった私が今ではこう！」と札束風呂でダブルピースするのが、推しへの貢献だ。

オタクに許される「死因：推し」は「推しの良さみが致死量を超えていたため」のみであ

り、経済、ましてや「オレがオレこそが真のファンだ」と他人に言いたいが為の虚栄心に殺されてどうする。

他人に言われたわけでもないのに、保存用の土方さんを持っていないこと、今それを出す力がないことを理由に、自分の「好き」を否定してどうする。

そして私は完全に着席し、しばし沈黙のあと立ちあがった。

「ワンチャン！　ワンチャン！」

私は1回だけ、保存用の土方さんを狙って10連ガチャを回した。

それは見たこともないような、きれいな爆死だった。

本文イラスト　カレー沢薫
ＪＡＳＲＡＣ 出 ２０１０４９９－００１

この作品は二〇一八年三月小社より刊行された『カレー沢薫の廃人日記～オタク沼地獄～』を改題し、加筆・修正したものです。

人生《じんせい》で大事《だいじ》なことは、みんなガチャから学《まな》んだ

カレー沢薫《ざわかおる》

令和3年2月5日　初版発行

発行人――石原正康
編集人――高部真人
発行所――株式会社幻冬舎
〒151-0051東京都渋谷区千駄ヶ谷4-9-7
電話　03(5411)6222(営業)
03(5411)6211(編集)
振替00120-8-767643

印刷・製本―中央精版印刷株式会社

装丁者――高橋雅之

幻冬舎文庫

ISBN978-4-344-43058-7　C0195　か-51-1

幻冬舎ホームページアドレス　https://www.gentosha.co.jp/
この本に関するご意見・ご感想をメールでお寄せいただく場合は、
comment@gentosha.co.jpまで。